やめてくれ、強いのは俺じゃなくて剣なんだ……！
Don't do this.
It's not me that's
馬路まんじ
ill. かぼちゃ

目次

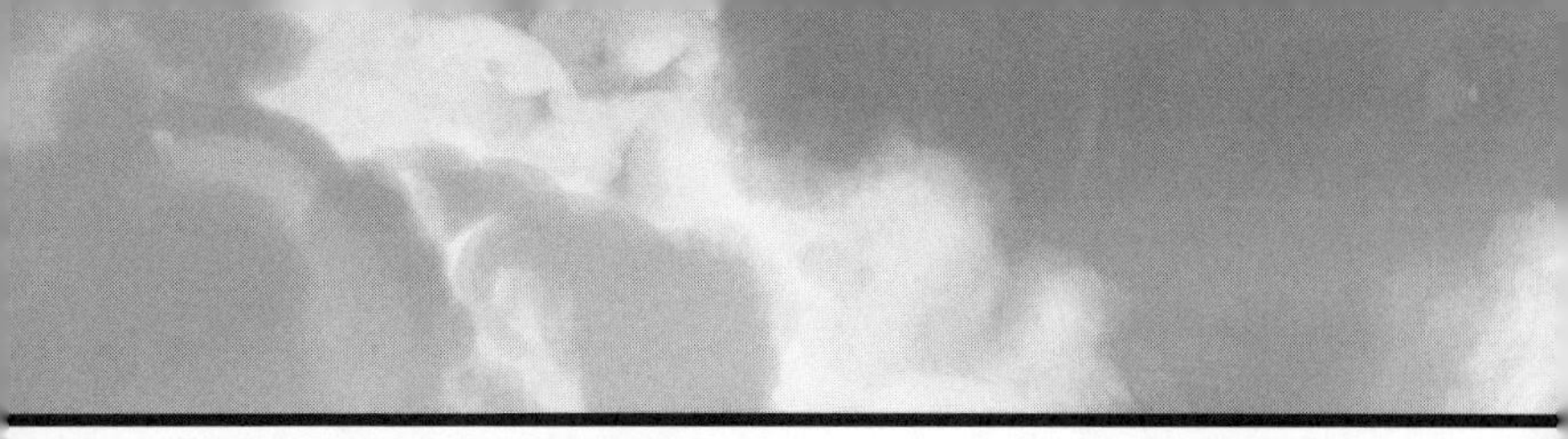

やめてくれ、強いのは俺じゃなくて剣なんだ……！

Don't do this.
It's not me that's strong,
it's the sword......!

mazi manzi
馬路まんじ

ill. かぼちゃ

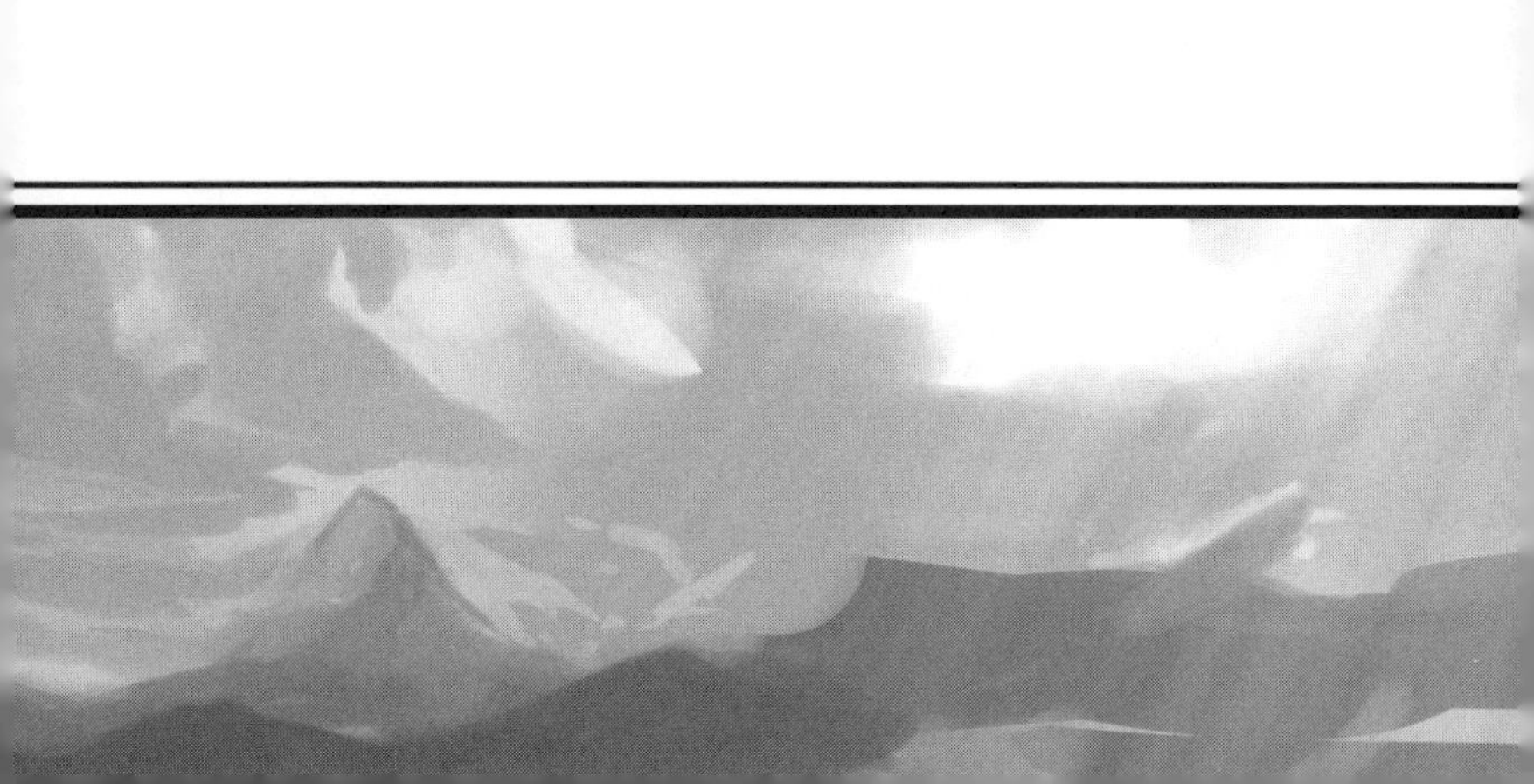

プロローグ

「――にっ、逃げろぉおおおおお――――――っ！」


今、帝都は終わりを迎えようとしていた。

必死で逃げる民衆たち。怯《おび》える彼らの視線の先には、何十万もの『魔物』の群れが……！

『■■■■■■■■■■《オォォォォオオオオオ》――――――――ッ！』

咆哮《ほうこう》と共に虐殺《ぎゃくさつ》が始まる。魔の軍勢は一斉に地を蹴ると、人々へと襲いかかった。

「うわぁあああぁああああ⁉」

「やっ、やめてくれッ、食べないでぇえええ！」

「ママぁぁあああぁ――――‼」

数多《あまた》の絶叫が都《みやこ》に響く。

魔物どもの爪牙《そうが》に裂かれ、命を落としていく民衆たち。

まだ一瞬で殺された人間は幸せなほうだ。魔物の中には、残虐《ざんぎゃく》極まる方法で人体を破壊するモノも多い。

強酸性の粘体生物『スライム』に飲み込まれた者は生きながら溶かされる責め苦を味わい、彷徨《さまよ》い歩く病原寄生種『ゾンビ』に噛《か》まれた者は、死ぬことも許されない感染源・ゾンビの一員となってしまう。

超常の生物たちを前に、人々はあまりにも無力であった。

「あぁ……どうして、こんなことに……！」

死に逝《い》く者のその呟《つぶや》きこそ、民衆たちの総意だった。

本来、帝都は安全な場所だ。一大国家『レムリア帝国』の心臓部である以上、魔物が近づけば即座に知らせが入る手筈《てはず》となっている。

だが今回の事態は異常極まる。大量の魔物たちは外からではなく、街の中心から溢《あふ》れ出してきたのだ。これでは対処などできようがない。

かくして巻き起こる最悪の悲劇。突然の強襲に人々は混乱し、無残に命を散らしていった。


「――これ以上好きにさせるかッ！　騎士たちよ、かかれぇ！」

『うぉおおおおおおおおーーーーーーッ！』


されど、人類も無抵抗ではなかった。

金髪の女騎士・アイリスの指揮の下、『魔導騎士』たちが惨劇《さんげき》の舞台に駆《か》け付けた。

彼らは魔力の宿った武装を振るい、民衆たちへと迫る魔性を斬《き》り裂いていく。

「全力で奴《やつ》らを滅ぼしてやる。ついてこい、ヴィータッ！」

「偉そうに言わないでくださいッ、よっと！」

光を纏《まと》い、アイリスは魔の軍勢へと突撃する。そんな彼女に続き、銀髪の少女騎士・ヴィータもまた風を纏って地を蹴った。

「「おおおおおおおおーーーーーッ！」」

最強格と謳《うた》われる二人が駆ける。

剛力を誇る魔人『トロール』の拳《こぶし》も、敏捷《びんしょう》極まる人狼《じんろう》『ルーガルー』の爪《つめ》も、数多の首持つ異常生命『キマイラ』の牙《きば》も、女騎士たちには届かない。伝説の力を宿した武具『魔導兵装』を振るい、迫る脅威を滅ぼしていく。

「「国の平和は、私たちが守るッ！」」

剣《つるぎ》を手に、瞬《またた》く間に敵勢を削っていく二人。

その勇姿に逃げ惑っていた民衆たちは沸きたった。『流石《さすが》は最強クラスの彼女たちだ！』『あの二人に任せておけば大丈夫だ！』と、絶望を忘れて歓声を上げる。

そうして、希望を取り戻しかけた――その時。


「――たっ……たすけてぇ……！」


二人の刃がピタリと止まった。快進撃の最中、アイリスとヴィータは固まってしまう。

なぜなら二人の眼前には、邪知狡猾《こうかつ》なる魔物『ゴブリン』により、幼き少女が盾のごとく突き出されていたからだ。

ゴブリンは邪悪に嗤《わら》うと、少女の首元に石のナイフを押し当てた。〝動けばコイツをブチ殺す〟と、言外に脅迫をかけてきたのだ。

「っっっ⁉　魔物めっ、貴様！」

「なんという外道ッ！」

怒りに震える彼女たち。こうなれば少女を見捨てるしかないと決意するも、数瞬の硬直が仇《あだ》となる。

突如として地面が爆《は》ぜるや、二人の足元から無数の触手が生えてきた。蚯蚓《ミミズ》の如《ごと》き蠕動《ぜんどう》怪虫『ローパー』の群れだ。

「なっ⁉」

もはや退避する間もあらず。ローパーたちは二人の肢体《したい》に絡み付き、彼女たちを捕縛してしまう。

さらに、

「ぐぅうぅッ……⁉」

「アイリスさんッ、これはっ……ふぎぃ……⁉」

二人の身体《からだ》に熱が奔《はし》る。触手から溢れた粘液が皮膚に沁《し》みるや、全身から汗が湧き出した。

まるで致死量の酒を無理やりに注《そそ》ぎ込まれたかのような感覚だ。意識が沸騰《ふっとう》し、手足の筋肉が弛緩《しかん》する。熱くなった脳髄《のうずい》の奥から、暴力的な恥悦《ちえつ》の波が押し寄せる。

「くそ、がぁ……！」

凶悪極まる媚毒《びどく》粘液──そんなものを吐き出されたとわかった時には、もう遅かった。

二人の手から剣が落ちる。魔導兵装を手放したことで、光と風を操る力を失ってしまう。

それでも抵抗せんとするアイリスだが、既に意識はホワイトアウト寸前だ。柔肌から沁み込んだ毒は神経を蹂躙《じゅうりん》し、彼女の感覚を嬲《なぶ》り尽くす。汗と涙が噴出し、堪《たま》らず頬が紅潮していく。

隣を見れば、気の強いヴィータでさえも荒い息を吐きながら失神していた。幼く小柄であるがゆえに、毒の回りが早いのだろう。このままでは彼女がショック死しかねないとアイリスは焦《あせ》る。

「くっ……私たちが、負けるわけには……！」

縛り付けられた最強の女騎士たち。戦闘不能に陥ったアイリスらに、魔物たちがにじり寄る。

ああ、これで人々の命運は尽きた。圧倒的な大軍勢を前にほかの騎士たちも次々と死傷し、力なき民衆たちは餌食《えじき》となっていく。活気に溢れた華の帝都が、血潮と恐怖に染まっていく。

そんな状況の中――


「魔物どもめ……『彼』さえ来てくれたなら、貴様らなど……！」


アイリスをはじめとした全ての者が、とある男の到来を願った。

かの存在こそ、最後の希望。絶望の時代を切り開く益荒男《ますらお》。最上級騎士のアイリスやヴィータすらも超える、真の最強たる戦鬼。悪を狩り執る八咫烏《ヤタガラス》。

彼さえいたら、こんな逆境など覆《くつがえ》してくれるだろうと人々は信じていた。

あぁ、あの男さえ……我らが『断罪者クロウ』さえ、来てくれたのなら……！

「クロウ、くん……！」

そんな淡き夢想すら虚《むな》しく……ついにアイリスすらもが、魔の軍勢に食い殺されんとした、その時。


「――させるものか」


覇の一声が、絶望の帝都に谺《こだま》した――！

そして悲劇は終わりを告げる。次の瞬間、漆黒《しっこく》の斬閃《ざんせん》がアイリスに迫る魔物の群れを切り裂いた。

穢《けが》れた血潮が華と散る。

「あっ……！」

大きく瞼《まぶた》を見開くアイリス。民衆たちの視線もまた、一人の男に注がれる。

もはや魔物たちなど視界に入らない。誰もが静かに打ち震え、黒き刀を手にした剣士に釘《くぎ》付けとなる。

「来て、くれたのか……！」

アイリスの瞳から涙が零《こぼ》れた。堂々と立つ男を前に、死への恐怖が掻《か》き消えていく。

気付けば、絶望の気配は消え果てていた。

気付けば、あらゆる魔性が動きを止めていた。

気付けば――人々の心から恐れは消え去り、逆に魔物どもが震え上がっていた。

彼が現れた瞬間、空気が変わった。

アイリスをはじめとした人々は、感動のままに吼《ほ》え叫ぶ。

『来てくれたのかッ、クロウ・タイタス――!』

帝都に響く大喝采《だいかっさい》。国家最強たる男の参上に、民衆たちは喜び叫んだ――!

そして断罪劇が幕開ける。数多の希望を一身に受け、最上級帝国魔導騎士『黒刃《こくじん》のクロウ』が動き出す。

「行くぞ」

言葉と共に響く轟音《ごうおん》。それはクロウが、地面が砕けるほどに踏み込んだ破砕音だった。

そして、烈刃一閃《いっせん》。一瞬で彼は敵軍に迫ると、周囲の魔性を斬滅《ざんめつ》させた――!

『■■■■■■■■■《ガァァァァァアアア》ーーーーーーッ!?』

戦場に響く断末魔。数多の魔物が肉片となって空を舞う。

かくして蹂躙は始まった。手にした刃を縦横無尽に振るうクロウ。瞬く間にして無数の敵が斬り刻《きざ》まれて散っていく。

人々は完全に恐怖を忘れ、無双する断罪者を目で追った。

「民衆たちを傷付けた罪、貴様らの命で償《つぐな》うがいい――！」

怒りを露《あら》わに放たれる超絶剣技。音さえ置き去りにするような音速居合に、刹那《せつな》のうちに周囲を刻む斬撃《ざんげき》結界――もはやどちらが人外か判らなくなるほどの奥義に、魔の軍勢は狂乱する。

「死に果てろ。俺の刃は、あらゆる悪を逃がさない」

彼が駆け付けたその時点で、魔物どもの運命は決していた。

どんな攻撃も総《すべ》て無意味だ。不意打ちも強撃も見事に防がれ、人質を求めて伸ばした腕は一瞬にして斬り刻まれる。目には見えない呪詛《じゅそ》攻撃や炎や風や雷の放出も、全て躱《かわ》され斬滅される。

「覚悟するがいい」

黒刀を手にクロウは駆ける。あらゆる魔性に断罪の刃を振り下ろす。

そこに邪悪がある限り、彼は一切《いっさい》止まらない。

守るべき命がある限り、彼はまさしく無敵だった。


「悪よ、滅びろ」

人々の平和を守るために――断罪者クロウは戦い続ける。
その雄姿に、民衆たちは熱く胸を高鳴らせるのだった……！

なお。

「悪よ、滅びろ（うぇええええええんっ、もう戦いたくないよぉおぉおおおおお!!）」

……人々は知らなかった。

今、キリッッッとした顔で無双しているこの男が、実は心の中で泣き叫んでいることに……！

無駄にカッコいいセリフを吐きながら、実は恐怖と疲労でゲロも吐きそうになっていることに……！

そう。世間からは『悪を赦《ゆる》さぬ断罪者』と評価されているクロウだが、その正体はただの一般人だった。

というかむしろ、拾った小銭をこそっと懐《ふところ》に収めるような微クズですらある。他人のために命を懸けて戦う気なんて一切絶無な男だった。本当は今だって逃げ出したくてたまらない。

『[redacted]《ガァァァ》ーッ！』

「来るがいい、俺が相手だ（こないでー‼）」

……そんな男がどうして魔物と戦っているのか。それは、右手に執られた漆黒の刀『ムラマサ』の仕業だった。

（ねぇムラマサくん、さっきから全力で斬ったり走ったりで身体痛いんだけどッ⁉　俺の筋肉ボロボロなんだけどぉ⁉）

――魂ッ！　魂ッ！――

（あ、全然こいつ聞いてねえ⁉）

心の中で何者かと会話するクロウ。〝魂〟と連呼するその声は、なんとムラマサから流れ込んでくるものだった。


そう――実はこの刀は、斬り殺した相手の魂を吸う魔剣の類《たぐい》なのだ。

しかも、握った者の肉体《からだ》を略奪する能力まで持っていたりしていた。

（はぁ～あ、こんなクソヤバソードを拾ったせいで俺の人生滅茶苦茶だよぉ……）

などと考えつつ、超絶剣技で魔物を斬りまくっていくクロウ。彼はこの刀によって完全に身体を乗っ取られていた。

（最初に身体を奪われた時はビビったなぁ。危うく殺人鬼になるとこだったし）

一年前。偶然にもムラマサを手にした瞬間から、クロウ・タイタスの人生は変わった。

その日から彼は、戦うことを宿命づけられてしまった。

（不幸中の幸いって言っていいのか……ムラマサのやつ、悪意に満ちた魂のほうが肥えてて美味《おい》しいらしくて、そういうやつを率先して襲ってくんだよなぁ）

つまりは犯罪者や魔物などだ。その特性のおかげで、クロウは殺人鬼になることを免《まぬが》れた。そしてムラマサが満腹な間は、身体を自由に動かせることも知ることができた。

だが、決して安心などできない。

（はぁぁぁ。もしもハラペコな時に近くに一般人しかいなかったら、普通にその人たちを斬りに行っちまうからなぁ。だから、どんどん危険な任務を受けたりしてたら、俺ってば……！）

唯一自由に動かせる目で、ちらりと背後を見る。

そこには、彼に向かって尊敬の眼差《まなざ》しを送りまくる騎士や民衆たちが何万といた……！

（どっ――どうしてこうなったぁぁあああッ⁉　俺、戦うのホントは嫌で嫌で仕方ないのに、なんで『人類の希望』みたいなポジションになってんだよ⁉　俺ってば変な魔剣に呪《のろ》われてるだけなんですけどォッ⁉）

心の中で絶叫するクロウ。

ムラマサの食欲を満たすために戦い続けた結果、今や彼は最強の騎士に成り上がっていた……！

「あぁクロウ様ッ、アナタこそ我らが光！」

「頑張ってくださいッ、クロウ様ぁぁああ！」

「オレの村を救ってくれた時のように、どうか帝都をお救いくださいっ！」

轟々《ごうごう》と叫ばれる数多の声援。そして太陽光線のごとく浴びせられる期待の眼差しの数々に、一般人のクロウは胃が張り裂けそうになっていた。

だが、言えない。実は自分は魔剣に呪われているだけの小物だなんて。

実は嫌々戦っていることも、カッコいいセリフを吐きまくる断罪者ムーブも『魔剣を満足させるために戦ってることがバレないように、悪を許さぬ断罪者キャラなんて演じちゃお！』という知能指数の低すぎる理由でやっていることも、全て言えるわけがない。

もはや泣きそうになりながら、クロウは魔物と戦いまくる。

（ふぇぇ……もう辛《つら》いよぉ、ゆっくりしたいよぉ！　チクショウッ、こうなったのも全部ムラマサのせいだぞこの野郎ッ⁉）

正眼に構えた黒刀に対し、全力の殺意を込めて睨《にら》むクロウ。

なお、その様を見ていた民衆たちは「クロウさん、目の前の魔物たちにすげー殺意をぶつけてるぞッ！」「傷付けられたオレたちのために、本気で怒ってくれてるんだぁ……！」と妙な勘違いをして尊敬を深めている模様。泥沼である。

（はぁ、コイツを拾いさえしなければ……）

キリッとした顔で無双しながら、クロウは過去を思い返す。

一年前、ムラマサを手にしたその日のことと、そこから始まる『断罪者』としての日々を――。

第一話　無駄な伝説の始まり

「滅びちゃったなぁ、俺の故郷」

一年前のある日のこと。俺は避難してきた隣村の河原で、ぼけーっと空を見上げていた。

――時は西暦三千年。人類はまぁまぁピンチだった。
凶悪な生物『魔物』が跋扈《ばっこ》し、毎日人間をパクパクしていたのだ。
俺の村もアイツらに襲われたよ。クロウくんもちょっと食べられた。

ちなみに世界がこうなった原因はあれだ。
千年くらい昔、当時の科学者たちが見つけた未知のエネルギーのせいだ。

いわゆる霊感の強い者が最先端光学顕微鏡を通すことでしか見ることができず、どこから湧いてくるのかも謎のエネルギー。
その不思議すぎる性質から、科学者たちはこれをファンタジーの代物『魔力』と名付けた。

化石燃料の不足に喘《あえ》ぎ始めていた人々は、一斉に魔力の研究を開始。

結果、数年ほどで電力に代わる利用法を発見し、さらには増幅法まで生み出したのだった。

景気のいいニュースに世界は沸いた。

これで未来は安泰だ。

エネルギー問題が解決すれば、今後戦争が起こることもなくなるだろうと。


――だが、そのお祭りムードも長くは続かなかった。


ある時、世界中の大規模魔力増幅所で事故が発生。

高濃度にまで濃縮された魔力が職員たちに降りかかった瞬間、彼らの肉体《からだ》は変貌《へんぼう》した。

日本人は『鬼』に、アメリカ人は『ゾンビ』に、イギリス人は『ヴァンパイア』に――各国における幻想生物の代表格となり、暴走を開始したのだ。

彼らによって増幅所は破壊され、超高密度の魔力は世界中に流出。

牛は『ミノタウロス』に、豚は『オーク』に、鶏は『コカトリス』に、その他の生物も空想の化け物に変貌した。

こうして社会は崩壊した。魔力による人の怪物化と、のちに魔物と呼ばれる変異生物たちの暴虐《ぼうぎゃく》により、人口の97％が失われることになった。

それから千年。魔力を浴びても変異しなかった極一部の人間たちは、同じく変貌を免《まぬが》れた家畜を連れて僻地《へきち》に潜《ひそ》み、細々《ほそぼそ》と息を繋《つな》いできた。


ほとんどの科学技術は失われ、中世レベルに文明は墜《お》ちた。

それでも人々は、魔力を原動力とした武器『魔導兵装』を開発し、魔物たちに対抗。

近年では各地に国を興し、人類の権威を取り戻そうと奮闘していた。

まぁだけど、

「世界がどんなふうになっても、悪いヤツはいるものだよなぁ」

村人たちを襲ったのは魔物だ。だが、それを率いていたのは人間だった。

魔導兵装を悪事に使う者『黒魔導士』が、調教した魔物たちと共に村を襲撃したのだ。


その結果、村人たちはほとんど死亡。

どうにか逃げ延びた俺は、隣の村に受け入れられることになった。


そして今は――『故郷を失った傷心の青少年』ムーブで、三日ほどニート生活していた。

うん、実は立ち直れないほどには傷付いてないんだよなぁ……！

「……俺、そんなに故郷に思い入れないんだよなぁ。両親も親戚もいなかったし、さらには友達も恋人もいなかったし……！」

うぅ、なんか別の意味で傷心してきた……！

同世代の連中、みんな俺のことを遠巻きに見るばかりだったんだよなぁ。

たまーに話しかけてくることはあっても、すげーぎこちなくて『気を遣って話してやってる』感がすごかった（特に女子）。

「でもしゃーないかぁ。俺、コミュ障で無口で仏頂面《ぶっちょうづら》だからなぁ」

年配の者たちからは『大人びてる』と言われていたが、違うんすよ。緊張してただけなんすよ。

襲撃の日にも同世代連中に（ぎこちなさそうに）遊びに誘われたけど、忙しいからって断っちゃったしなぁ。

実際、両親のいない俺は近所のチビどもを世話する仕事で生計を立てていたため、その日も仕事が入ってた。

「暗くてノリも悪いやつに友達なんてできるわけないか。ついでに、このへんじゃ珍しい黒髪だしなぁ。変な目で見られてるんだろうなぁ……」

ともかく俺は天涯《てんがい》孤独だったことに加え、日頃からこんなこともあるだろうと思っていたため、そこまで傷付いていなかった。今の世界じゃ、農村が襲われるなんて日常茶飯事だからな。

特に俺はビビリだから、みんなよりも人一倍覚悟していたさ。

いざという時に備えて逃げ足を鍛え、身を潜めやすい逃走ルートも考えていた。

おかげで生き延びることができたよ。

——村のチビどもと、同世代連中を連れてな。


「俺は一人で逃げるつもりだったんだけどなぁ……」

黒魔導士と魔物の群れが現れた時、俺は『今来るなよ！』って心の中で叫んだ。

ちょうどその時、チビどもが全身にしがみついていた最中だったからな。

襲撃者たちを前に泣き叫ぶチビども。当然しがみつく手に力が籠《こ》もり、振り落とすことができなくなってしまった。


「んで仕方なく、その状態で死ぬ気でダッシュして……」


近隣の森を突っ切った。

逃走ルートとして定めていた通り、木々の間をくぐり、斜面を滑り、こっそり掘っていた抜け穴を駆《か》け、しれっと用意していた罠《わな》を踏ませて全力で逃げた。

……なお、その途中で同じく森に逃げていた同世代連中と遭遇。

一瞬こいつらをおとりにしようかなと思ったが、チビどもを預けたら身体《からだ》が軽くなることに気付いた。

んでそっからはそいつらも連れて、俺はどうにか無事に逃げ延びたのだった（※いや無事じゃなかった。みんなには秘密にしているが、お尻に魔物の牙《きば》が掠《かす》めた。逃げる過程で泥まみれになってズボンの穴に気付かれなかったのはよかったけど、めっちゃイテェ）。

「さてと……ケツの傷はまだ疼《うず》くけど、『故郷を失った傷心の青少年』ムーブは潮時かなぁ。明日からは働くかぁ」


う～んと背伸びをしながら立ち上がる。

俺も来年には十八だからな。他の連中と違って親類を亡くしたわけじゃないし、いつまでも遊んでたら疎《うと》まれるだろ。


「そういえば生き残った連中、やっぱり俺のことを嫌ってるかなぁ。一人だけ逃走ルートを用意してたことがわかっちゃったし……」

隣村の人たちに、悪口を吹き込まないといいんだが……。

そう思いながら河原を立ち去ろうとした時だ。

ふと、河の端っこに棒状のナニカが引っかかっていることに気付いた。

なんだなんだと近づいてみる。

「ってこれ……もしかして剣か？」

引っかかっていたソレは、漆黒《しっこく》の鞘《さや》に包まれた剣だった。

細くて薄い珍しい形だ。たしかこういうタイプの剣のことを、大昔の極東で『カタナ』と言うんだったか。

切れ味がすごくてカッコいいらしい。『芸術品のように美しい刀身をした、とても貴重な武器なんだ。まぁウチには百本あるけどね』って近所のフカシくん（※助けた中にはいなかった。たぶん死んでる）が言ってた。

あいつ嘘吐《うそつ》きすぎだろ。

「どれどれ、実際に見てみますか……！」

さっそく例のブツを拾い上げ、長い鞘に手をかける。

はたしてどんな刀身をしているんだろうか。これで芸術品のようだって話まで嘘《うそ》なら、フカシくん（※故人）の地獄行きが確定してしまう。

ま、河に落ちてたもんだし錆《さ》びてるかもだけどな。

「とりあえず、抜いてみて……っとッ……!?」

そして、次の瞬間。

光さえも映さないような、ベンタブラックの刀身が露《あら》わになった瞬間。

俺の内部に――『魂』と呼べる場所に激痛が走った。

「ぐぅっ⁉」

まるで刃に貫《つらぬ》かれたような感覚だ。

もはや立ってはいられない。あまりの痛みに、俺はその場に倒れ込もうとして……そこで気付いた。

「か、身体が動かないい⁉」

脳は『膝をつけ』と命令しているのに、足は不動のままだった。

それどころか、背筋がまっすぐに伸びる。全身の筋肉がよどみなく張り、地面の踏み方までもが変わる。

まるで、一流の武人のような立ち姿に変貌する。

「一体、なにが……ってうわぁっ⁉」

疑問を口にする暇すらなかった。

俺の足が、全速力で駆け出したからだ――――！

「なっ、なんだこれぇ⁉」

足の筋肉が勝手に動く！

自分でも出したことのない速度で、村に向かって突っ走っていく――――！

「どどどっ、どうなってんだこれぇーー⁉」

――こうして俺は漆黒の刀を手に、大騒動を巻き起こすことになるのだった……！

第二話　強襲、『紅血染刃《こうけつせんじん》ダインスレイブ』

「無理じゃ……どんな策を考えようが、黒魔導士に敵《かな》うわけがない」

重い空気が集会所に漂う。

隣村の村長と大人の男たちは、『今後の村の防衛策』について議論を交わしていた。

事の発端はクロウの故郷・タイタス村の壊滅にある。

その下手人たる黒魔導士は野放しのままだ。いつこの村も襲われるかわかったものではなかった。

ゆえに大人たちは意見を出し合うも、甘い考えは村長がぴしゃりと撥《は》ね除《の》けてしまう。

そのような流れが三日も連続していた。

「野盗風情《ふぜい》と一緒にするな。ヤツらの使う『魔導兵装』、その脅威は有名じゃろう？」

「あ、あぁ。たしか魔力の影響で、『神話』や『逸話』の能力を本当に得ちまった武器のことですよね？

見たことないっすけど……」

「うむ」

魔導兵装――それは人類に残された最後の切り札の名だ。

千年前、世界中に溢《あふ》れ出した高濃度の魔力は、生物だけでなく一部の物品にまで影響を及ぼした。

それらはかつて、特殊な能力を持っていたと『想像』されていた、伝説のアイテムの残骸《ざんがい》だった。

「元々は大昔の遺物。当然の話、壊れているモノがほとんどじゃ。一欠片《ひとかけら》ほどしかないモノも珍しくはない。

じゃが、手直しするなり通常の武具に欠片を仕込むなりすれば、伝説の何分の一かの能力は発揮する」

その力は絶大だった。

絶滅寸前に追いやられた人々は、魔力によって異能を得た武器群を『魔導兵装』と名付け、魔物の脅威に抗《あらが》った。

それによって人類は、かつての権威を取り戻していったのだが……しかし、

「……黒魔導士の連中め。人類の希望の力を、我欲のために振るいおって」

苦々しげに村長は呟《つぶや》く。

人類が絶滅の危機を脱したことで――贅沢《ぜいたく》を求める程度の余裕が生まれたことで、凶行に走る者が現れてしまった。

その最たる例が黒魔導士だ。彼らの起こす事件は、徐々に凶悪性を増していた。

「特にタイタス村を襲った者は、大量のゴブリンまでも使役していたという話じゃ。襲われたらひとたまりもない。

ここはやはりっ、『魔導騎士』を呼びに行くべきじゃ！　正統なる魔導兵装の使い手、国家の守護者……彼らなら……！」

「ちょっ、ここはド田舎《いなか》っすよ!?　騎士サマが常駐《じょうちゅう》しているようなデカい街まで一週間はかかる！

それに道中で魔物に出くわしたらどうすんだよっ⁉」

一人の村人の反論に、他の者たちも「そうだ！」と叫んだ。

「つか村長！　無事に依頼できたとしても、騎士が来るまでに村が襲われない保証はあんのかよ⁉」

「動ける人間は限られてんすよ⁉　無謀な上にそんなチンタラとした策に人を割《さ》けるかよ！」

「ここはみんなで黒魔導士ヤローを撃退する手を考えましょうやっ！　力を合わせれば、きっと……！」

自分たちの手で解決しようと奮起する村人たち。特に若手の者たちはやる気だった。

だが、村長はあくまでも意見を変えない。「兵装使いを舐《な》めるな！」と声を荒らげる。

「ワシはかつて見たことがある。『鈍壊《どんかい》』の二つ名を持つ騎士が、魔物の巣を小山ごと砕いてみせた様を……！

あんな力を振り回す犯罪者に、素人が敵うわけがない！　しかも魔物まで従えてるんじゃぞ⁉」

「だったら寝込みでも襲えばいいだろ⁉」

「って無茶な⁉　居場所もわからんのにかッ！」

「ンなもん今から捜してやらぁ！」

集会場に怒号が響く。

誰もが未曽有《みぞう》の窮地に混乱しながら、吐き出すように喚《わめ》き合った。

「けっ、村長は臆病なんだよ！　あのクロウって坊主は、大量のガキどもを連れて逃げてこれたって話だろ？　いざとなれば俺たちも逃げるくらいはできるだろ！」

「ッ、馬鹿を言え！　あれは、あの子だからできた話じゃッ！」

ひときわ大きく怒鳴る村長。その剣幕に、意見した男は押し黙る。

「……誰もが聞いたことはあるはずじゃ。タイタス村の神童・クロウくんの噂《うわさ》を」


――その少年は隣村でも有名だった。

冷静かつ聡明《そうめい》で、子供らしい我儘《わがまま》も一切《いっさい》言わない子だったという。

幼き頃から懸命に働いていた彼のことを、疎《うと》ましく思う者はいなかった。

「彼に助けられた子たちは言っておったよ。『オトナの男って感じで、アイツのことはみんな一目置いていた。女子たちなんかは全員惚《ほ》れてて、逆に緊張で話せなかったくらいだ』とな……」

口調に熱を込めながら、村長は続ける。

「彼らは泣いておった。クロウくんへの感謝と共に、己《おの》がふがいなさに涙していた。

『自分たちは他人の心配なんて一切せずに逃げてきた。それなのにクロウは、小さな子たちを助け出してみせた！』と。

『自分たちが遊んでる間に、アイツは必死で身体《からだ》を鍛えていた！　みんなのために逃げ道まで考えていた！　それなのに自分たちはッ！』とっ！」

「っ……」

村長の話に男たちは黙り込む。

村の外に――魔物たちが潜《ひそ》む地に一人で出向き、みんなのために逃げ道を選定していたクロウの勇気。

襲われる危険を我が身一つに受け止めた献身ぶりに、大人たちはいたたまれなくなる。

――あのクロウという少年に比べて、自分たちは土壇場になってから騒ぎ、身内同士で声を荒らげ合っている始末。

ああ、なんて情けないのかと。

「そんな子でも、子供だけを逃がすのが精一杯じゃった……。黒魔導士が他の村人を狙っとる間に、その配下たるゴブリンどもから逃れるだけでも必死だったのだぞ？

そんな命懸けの逃走劇を、『自分たちにもできる』と言い切れるかっ⁉　逆に襲ってやろうなどと言えるか⁉」

「……」

口を開く者はいなかった。誰もが気まずげに押し黙る。

かの少年が多くの者を助け出して逃げ延びた偉業。

それは優しさと賢さを併せ持った彼が、入念な準備を行っていたからこそできたことなのだと理解した。

「はぁ、あの坊主に比べて……」

「ああ、オレらときたら……」

自分たちはいがみ合い、虚勢を張って無茶な策をやらかす気でいた。

これでは大人として立つ瀬がない。あの少年を見習うようにしようと、心から反省するのだった。

――なお、全ては勘違いである！


子供たちを助けたのは偶然で、クロウは徹頭徹尾《てっとうてつび》自分のために動いていた！

大人びて見えるのも、単純にコミュ障であまり喋《しゃべ》らなかったのと、ぶっちゃけツラと雰囲気がいい感じなだけだった――！

内面は怠惰《たいだ》でわりとクズな男である。

そうとも知らず、隣村の者たちは彼をきっかけに和解する。

「わ、わりぃ村長。つい熱くなっちまって、臆病だとか失礼なことを……」

「いやよい。ワシも少々頑固すぎた……」

殺伐《さつばつ》としていた空気が変わる。

誰もが姿勢を改め、建設的な議論を行おうと向き合った。

「いっそ、クロウって子にも意見を伺ってみません？　自分らが見かけたときは、かなり沈んでたみたいっすけど……」

「うむ、優しい子じゃからな。村人全員を救えなかったことに傷付いているんじゃろう。だが彼なら、きっといい意見も……」

こうして、改めて話し合い始めた――その刹那《せつな》。

「ゴッ、ゴブリンの群れだぁぁぁあぁーーーーーーっ⁉」

集会所の外より、村人の悲鳴が響き渡った――――！

「なにっ⁉」

「まさかっ！」

即座に立ち上がる男たち。

集会所を飛び出すと、付近の丘より緑の人型・ゴブリンの群れが駆《か》け降りてくるのがわかった。

元は猿から変異した魔物だ。子供程度の背丈しかないものの、その凶暴性は計り知れない。

「くっ……恐れていた事態が起きてしまったか……！」

もっと早くに行動していれば……。

苦い後悔が心中に過《よぎ》るも、今は立ちすくんでいる場合ではない。村長は声を張り上げた。

「とにかく皆を避難させるぞ！　子供だけでもどうにか助けろっ！」

かの少年、クロウがやってみせたように。若き命を明日に紡《つむ》がんと大人たちは決意する。

かくして、彼らが駆け出さんとした、その時。

「――おぉぉぉっと！　足止め役の参上だぜぇぇぇッ⁉」

「ぐげぎっ⁉」

剛剣烈断――――！　頭上より降り注《そそ》いできた声と共に、一人の身体が真っ二つになった……！

おびただしい量の鮮血が、ほかの者たちに降りかかる。

「なっ……ひぃぃいい⁉」

一瞬の困惑の後、事態を把握して混乱する村長ら。

全身に血を浴びてパニック状態になる。つい先ほどまで話し合っていた隣人の死に、誰もが恐怖で震え上がった。

「ぎゃはははは！　いい歳《とし》こいたオッサンどもがガキみてぇに震えてやがるっ！　情けねぇーなーおいっ！」

浴びせかけられる下卑《げび》た嘲笑《ちょうしょう》。村長らの目の前には、骸骨《がいこつ》のごとき風貌《ふうぼう》をした男が立っていた。

頬は痩《や》せこけ眼窩《がんか》はくぼみ、身体も枯れ枝のように細い。


――だというのに、その手には身の丈以上もある大剣が。

「お前は……その手の大剣はっ、まさか……！」


その刀身を見て瞠目《どうもく》する。

大剣より溢れ出す深紅の微光。そのような武装が、通常のモノであるはずがなく……！

「それは、魔導兵装……っ⁉」

「おうよッ！　オレ様の相棒、『紅血染刃《こうけつせんじん》ダインスレイブ』よォ！」

言葉と共に、異常事態が巻き起こる。

先ほど斬《き》られた村人の残骸から、鮮血が舞い上がったのだ。

それらは自ら飛び込むように、ダインスレイブの刀身へと吸い込まれていった。

そして、

「アァァァアァァア！　来たぜ来たぜ来たぜッキモチィぃいいいいいいいいいいッッッ！」


嬌声《きょうせい》を張り上げる骸骨男。

ドクドクと、まるで心臓のような音が大剣から溢れる。

それと同時に持ち主の筋肉が膨れ上がっていき、顔以外は大男という異形の姿に変貌《へんぼう》していく。

「なにっ……⁉」

「グヒヒヒッ、これが相棒の能力よ！　ダインスレイブの逸話は『吸血』と『騒乱の激化』。斬った者の血を吸い取り、一時的にオレ様を強化してくれるのさァッ！　ゲヒャヒャヒャッ！」

背を反らしながら男は笑う。

爛々《らんらん》と輝く彼の瞳。人を獲物としか見ない残酷な意思が、眼光となって村長らを射抜く。

「つーわけでッ……テメェらも養分になっとけやァァアアーーーッ！」

「くっ⁉」

血染めの刃が振り上げられる。

こうして、善良なる者たちの命が散らされんとした——その時。

「させるかッ！」


刹那、骸骨男はハッとした表情で横合いに跳んだ。

さらには大剣を盾のように構えた瞬間、その中心に強烈な突きが放たれる。

大男と化した彼の身体が、十メートル以上も吹き飛ばされていく。

「ぐぅぅぅうウッ!?　て、てめぇはっ……!?」

「なっ……おぬしは、クロウくん!?」

目を見開く骸骨男と村長たち。

両者の視線の先には、漆黒《しっこく》の刃を構えた少年・クロウが立っていた。

彼は冷たい美貌《びぼう》で村長らを一瞥《いちべつ》すると、骸骨男に向かって怒気を放つ。

「——悪《あ》しき者よ。我が故郷を奪った罪、裁かせてもらうぞ！」

響き渡る断罪の宣告。

その堂々たる彼の姿に、村の者たちは確信する。

彼こそ。この窮地を救うべく現れた英雄《ヒーロー》なのだと——！

※（そんなわけ）ないです。

第三話　覚醒《かくせい》、『黒妖殲刃《こくようせんじん》ムラマサ』

「た、頼むから止まってくれぇぇぇぇぇ……！」

——のちに骸骨《がいこつ》筋肉野郎とバトルになることも知らず、俺は村までの道を走らされていた。


「ぜぇ、はぁ……っ！」

もう完全に息が切れていた。

数分と走ってないにもかかわらず、足がパンパンに腫《は》れて痛い。


されど疾走《しっそう》は止まらない。

俺がどんなに喚《わめ》こうが、肉体《からだ》は超高速の『武人』の走りで進み続ける。

その手に凶器を——黒き刃を握り締めながら。

「ォっ、お前のせいかっ⁉　お前のせいなのかこれぇ⁉」

刃に向かって問い質《ただ》す。

俺の身体《からだ》がおかしくなったのはコイツを拾ってからだ。コイツ以外に原因は思いつかない。

「人を操るとか普通じゃねえ……！　お前、魔導兵装ってやつだろ⁉　俺の身体で何する気だよっ、なぁ⁉」

必死に叫ぶが、返答はない。

口がないから当たり前か……。だけど勝手に動く俺の足取りには、明確な意思が感じられた。

その証拠に、俺の身体は最短距離で村まで到着。

全速力で中に飛び込むと、何やらあわただしい様子の村人たちに向かって、刃が向けられた――！

（なっ、お前まさか、人を斬《き》る気かよぉ⁉）

愕然《がくぜん》とする俺の心に、何者かの意思が伝わってくる。

――ハラ　ガ　ヘッタ。キ　リ　タイ。魂ヲ　食イタイ！――

っ、間違いない。

これは右手に握られた刃の意思だ！

（っていやいやいやいやバカバカバカバカっ！　え、お前魂を食べる魔剣だったの⁉　ガチ悪質じゃんこっわ！）

今確信した。この漆黒《しっこく》の刃、魔導兵装の中でもめちゃくちゃ危険なタイプのやつだッ！　持ち主を呪《のろ》っておかしくさせるクソソードだっ！

――食ウッ！　魂、喰《ク》ラ　ウ！――

（もっといいもん食べろアホ！）

叱責するも、刃は唸《うな》ることを止《や》めない。

身を屈《かが》めて突きの姿勢を取り、村人たちに差し迫る！

ああ、も、も、もしこのまま人を斬っちゃったら……こんな装備に呪われてるって知れ渡ったら……！

（処刑エンド、一択だぁぁぁぁあっ⁉）

それだけは絶対に嫌だッ！

俺は平凡に生きたいんだっ、いやできればちょっとお金持ちになってそこそこ美人な彼女をゲットして魔物のいない土地に住んで、のんびり平和に暮らしたいんだ！

処刑なんてまっぴら御免じゃぁ！

ゆえに、

「――させるかッ！」


俺は力の限り、殺人を行おうとしている身体を止めようとした！

村中に響くほどの叫び声が出る。それくらいマジで必死だった。

だが奮闘も虚《むな》しく終わる。
操られた肉体は止まらず踏み込み、村人たちを……！
（やめろぉおおおっ⁉）
彼らを殺す、直前で。

――ア　アッチ　ガ　モット　美味《ウマ》ソウ　ダ！――

（えっ？）

走る軌道が、わずかに逸《そ》れた。
それによって村人たちをギリギリスルー。
そして、

「グガぁッっ⁉」
（ふぇえ？）

……俺の身体は、村の中央にいた筋肉骸骨男に突きをかました……！
って、結局ひとを襲ってるしー⁉

あ、でもこのひと上手《うま》く大剣で受けてくれたか……っていやいやコイツ、俺の村を襲った黒魔導士じゃん⁉

ここで何してんのっ、えぇぇ⁉

「ぐぅぅぅうぅッ⁉　て、てめぇはっ……⁉」

「なっ……おぬしは、クロウくん⁉」

どうにか突きを防いだ男と共に、村長さんたちがこちらを見てきた。

彼らの身体は血で真っ赤だ。さらに足元には、村人らしき死体までもが横たわっていた。

（これは……）

すぐさま状況を理解する。

どうやらこの村も、例の黒魔導士に襲われている真っ最中だったらしい。

村人たちが騒いでいたのもそういうことだったか。

（んで、どういうわけかゴミソードは標的を変え、あの骸骨筋肉野郎を攻撃。殺されそうだった村長たちを救ったわけだな）

なんという偶然だろうか……。

だがこの状況、上手く使えそうだ。

（黒魔導士に一発かましちまうなんて最悪だ……正直怖くて泣きそうだ。でも、やっちゃったもん

は仕方ない）
呪いの装備に操られていることを悟《さと》らせないため、あの野郎の存在を利用してやるッ！
俺は怒ってますオーラを溢《あふ》れさせ、できるだけカッコいい声を出すことを意識し――っ！

「――悪《あ》しき者よ。我が故郷を奪った罪、裁かせてもらうぞ！」

キリッとした表情で、骸骨筋肉野郎を睨《にら》みつけた――！

これぞクロウくんの天才的発想、〝『悪を赦《ゆる》さぬ断罪者』を気取って自主的に斬りかかろうとしているように見せる作戦〟だ。
本当は絶賛操られ中なんだけどな！　自分の意思で動くのは首から上くらいだし！　あと怒りよりも逃げたいって気分だしッ！　ふぇぇ！

「ッ、デカい口を叩《たた》くんじゃねぇぞクソガキッ！
つーかテメェ思い出したぜ。あの村を襲った時、チビどもを助けやがったヤツだな⁉　ガキのウメェ血を吸い損ねたじゃねーか！」
ひえっ、骸骨筋肉さんメチャ睨んできた⁉　筋肉がさらに膨らんだっ！
しかもっ、

「オォイッゴブリンどもッ！　あの野郎だぞォ、オレ様たちの餌《えさ》を減らしたのは！　オメェらも許せねぇーよなァー⁉」

『ガァァアアァッ！』

咆哮《ほうこう》を上げる魔の軍勢。

狡猾《こうかつ》なる捕食者・ゴブリンの群れが、男の周囲に駆《か》け付けた。

俺のケツを傷物にしたのもアイツらだ。

「ケッ、ガキがイキがりやがって。テメェーの自信の源は、その刃だな？」

そこで、男はカスソードを見てきた。

いや自信の源っていうか諸悪の根源なんだが？

「ククク……どこで見つけたかしらねーが、その魔導兵装っぽい武器を手にして調子こいてんだろ」

あ、こいてないですね～。むしろさっさと手放したいと思ってます。

ちなみにいま身体がおとなしくしてるのは、別にこの鬼畜ソードが空気読んでるからじゃありません。

溜《た》め行動です。先ほどの突きで殺せなかったためコイツ準備中なんですよー。

実はさっきからギュゥゥゥゥゥゥゥゥウウッ‼　と後ろ足で地面を踏み締めており、あまりの強さに俺の骨をミシミシさせてます。

一瞬で踏み込んで相手を殺す気みたいですねー。お前から殺すぞ。

「けど残念だなぁクソガキ～？　魔導兵装には強弱ってもんがあるんだよ。たとえば、オレ様のダインスレイブくらいつぇぇモンになると……！」

掲げられる深紅の大剣。その刀身からは、血を思わせる赤き燐光《りんこう》が零《こぼ》れ出していた。

「ゲヒャヒャヒャッ！　こんなふうに魔力の光が溢れちまうんだよッ！

それに比べて、テメェの刃は光りもしねぇ。とんだ雑魚《ざこ》武装があったもんだなぁオイ！」

高笑いを上げる黒魔導士。

どうやらヤツの言葉は事実らしく、物知りだというこの村の村長が俯《うつむ》いていた。

（そうか。この武器は雑魚なのか。その上、持ち主に呪いまでかけると）

本当に最悪の武装を拾っちまったもんだな。

……だけど、

「黙れ、下郎」

「アァッ⁉」

どこまでも強気に言い放つ。

ここでヤツに謝ったところで、どうせ許してくれないだろうからな。

──それに、右手の刃はやる気全開だ。もはや殺し合いは避けられない。

「テッ、テメェクソガキがァッ⁉　もういいっ、やっちまえゴブリンどもォ！」

『ガァァァアッ！』

ついに黒魔導士はブチ切れた。

ヤツの命令に応え、緑の危険生物どもが押し寄せてきた。

まるで獲物に群がる蟻《あり》のようだ。

（正直言ってめちゃくちゃ怖い。……だけど）

俺が呪われている事実を隠すためには……何より、この状況を切り抜けるためには、やるしかない。

断罪者となって、戦うしかない――！


「悪よ、滅びろ」


そして――言葉と共に、俺は刃への抵抗を諦《あきら》めた。

それどころか、〝せいぜい上手く使いやがれ〟と魔剣に訴える。

平和な未来を摑《つか》むために、黒死の刃に全部を委ねる――ッ！


その瞬間、俺の『魂』に声が響き……！


――傀儡《カイライ》ヨ――

――魂ニ刻《キザ》メ――

――我ガ名ハ！――


「――『**黒妖殲刃**《こくようせんじん》**ムラマサ**』！――」

かくして次瞬、俺の動きは人間を超えた――――！

地面が爆《は》ぜるほどの勢いで駆け出し、一瞬でゴブリンの群れへと接近。

「死ね」

雷速一閃《いっせん》。音を置き去りにするほどの速さで、何体もの敵を両断した。

『ゴガァッ⁉』

残るゴブリンどもが固まる。

仲間がやられたショックか、あるいは命惜しさに止まったのかは知らないが、今の俺にはあまりにも大きな隙だ。

さらに二閃《せん》、四閃、六閃、八閃。前へ前へと走りながら腕が縦横無尽に動き、ゴブリンの群れを血肉に変える。

数秒のうちに百体近くの命を散らし、黒魔導士に接近していく。

「なっ、なんだテメェはっ⁉　来るんじゃねえっ！」

男は紅《あか》き刃を振るった。するとその刀身から『血の斬撃《ざんげき》』が放たれ、俺に向かって飛翔《ひしょう》してくる。

「死ねッ、死ねッ、死ねっ、死ねぇっ！」

幾度も刃が振り回され、無数の斬撃が襲いかかってきた。

まるで血の壁が迫ってくるようだ。正直言って超怖ぃ。

でもだからこそ、俺は一切何もしないことを選んだ。

心の中で泣き叫びながら、全力で脱力を意識する。

すると、さらに肉体に力が籠《こ》もった――！

俺の身体は紅刃《こうじん》の雨さえもことごとく斬り捌《さば》いていき、ついに黒魔導士の眼前に躍り出る。

「なっ、なぁあぁぁあっ……!?」

見開かれる男の両目。そこに、刃を構えた俺が映る。

――なるほど。今の俺はまさに修羅《しゅら》だな。

傍《はた》から見たらこう映るのかと一瞬思った。

だが実際には俺に戦う気なんてまったくない。そして、だからこそ今の俺は強い。

肉体の自由を完全に放棄したことで、魔導兵装『黒妖殲刃ムラマサ』の支配力は極限まで高まった。

一流の武人めいた動きはさらに精度を増し、ついには特殊能力など一切《いっさい》なく、黒魔導士を追い詰めたのだった。


――俺の筋肉をボロボロにしまくってなッ！　死ね！


「ゆっ、許しっ、許してッ！」

決着の刹那《せつな》、男はいよいよ命乞いを始めた。

この村や俺の故郷を襲った時の悪意溢れる態度はどこへやら。黒魔導士は涙を流し、必死に言葉を喚き散らす。

「いいっ、今までの悪事は嫌々やってたんだッ！　オレ様は魔導兵装に操られてたんだっ！　ほら、ヒトを呪っておかしくしちまうヤツがあるって聞いたことないか⁉　それだよそれっ、身体が勝手に動いちゃってよぉ～ッ！」

あーうん、悪いな。

お前にどんな事情があろうが無駄なんだ。

だって俺、呪われてるから。

「諦めて死ね」

「ひぃいいッ⁉」

そして、一閃。

黒き刃は男の首を刎《は》ね飛ばし、全てに決着をつけるのだった――――！

クロウ「俺、戦闘中は全力でボーッとするから――――！」
魔剣　「……」
※戦略決定（クソ）

第四話 ～無駄に旅立ちの時～

「っ……」

――黒魔導士を葬《ほうむ》った後のこと。不意に身体《からだ》の自由が戻った。

俺は表情を歪《ゆが》めながら倒れ込む。あまりの動きに全身の筋肉が千切《ちぎ》れかけ、もはや立ってはいられなかったからだ。

「だっ、大丈夫かクロウくんっ⁉」

「坊主っ！」

「クロウにいちゃぁん！」

村長さんに村の大人たち、そして助け出した故郷のチビたちが駆《か》け寄ってきた。

「あぁ、みんな……よかった……」

彼らの様子に安堵《あんど》する。

俺が魔剣に操られていたことに気付いてないようだ。そうじゃなかったら近づいてすらこないだろうからな。断罪者を気取って自分で戦ってるように見せる作戦が上手《うま》くいった。

それに幸運がもう一つ。どうやら彼らには、『この光景』が見えていないらしい。

『たっ、助けてくれぇぇえええぇッ⁉』

『ゴガァァァァアッ！』

耳に突き刺さる断末魔。

黒魔導士やゴブリンたちの死体から、薄《う》っすらとした本人の姿が――おそらくは魂が抜け出し、俺の魔剣に吸い込まれていく。

『イダイダイダイダァッ⁉　ウギャァァァアアアアアッ⁉⁉』

絶叫と共に、肉と骨が砕き飲まれるような音が響いた。

刀身の中に消えていく魂たち。まさに捕食と呼ぶに相応《ふさわ》しい光景だ。

――『黒妖殲刃《こくようせんじん》ムラマサ』。


俺の魔剣、超こええ。

改めてそう思いながら、俺は意識を落としたのだった――。

◆　◇　◆

「――くっ、クロウくん！　出ていくとはどういうことじゃっ⁉」

襲撃事件から一日。俺は疲労感を残しつつ、村の入り口に立っていた。

背後には、村長さんをはじめとした村の者たちが。彼らは一様に困惑していた。

「なぁ待ってくれクロウくんっ！」

みんな俺のことを心配してくれていた。

一応、彼らにとってはクロウくんってばヒーローだからな。

俺への好感度がマイナスだった同世代連中はプラマイゼロになったって感じだと思うが、大体の者は俺を好いてそうだった。

ぶっちゃけずっとこの村に住んでチヤホヤされたい。今なら可愛《かわい》い彼女もできると思うし。あと純粋に筋肉痛で身体やばいし。

だけど、

「申し訳ない。俺は、ここには居られない」


出ていく決意は変わらない。俺はゆっくりと歩み出した。

「そんな……せめて理由を……」

理由？　そんなの決まってる。

……腰に差した魔剣、アホソードのムラマサのせいだよバァァァアカッ！

――魂　魂！――

（だまらっしゃい！）

魂大好きな鬼畜ソードを脳内で怒鳴る。

はぁ～。黒魔導士やゴブリンどもを食いまくったコイツだが、どうやら一晩で消化してしまったらしい。

朝起きたら普通にたましーたましー喚《わめ》いてたよ。腹ペコの幼児かお前は。

（ま、完全に身体を奪わない程度には余裕があるみたいだけどなぁ）

今は自分の意思で動けている。

ただし、腕に力を込めておかないと村人たちに刃を向けようとしやがるけどな。

あと「捨てりゃいいんじゃね」と思ってボットン便所に落とそうとしたら、俺の首を斬《き》ろうとしやがった。ホンマゴミ。

というわけでさっさと出ていかなきゃマズイと思ったわけだ。

でも『俺呪《のろ》われてます』って本当の理由を言うと、どこにどんな噂《うわさ》を流されるかわかったもんじゃないからな。

再び表情をキリッとさせて、最後に村長さんたちに振り向いた。

「……あの黒魔導士に仲間がいないとは限らない。俺がこの村にいたら、報復の巻き添えに遭ってしまう」

「そっ、それはっ」

「──そして何より。俺は、魔導兵装という力を得た。

もう二度と、善良な人たちが泣かないように……俺はこの力で、悪《あ》しき存在を殺し尽くす」

刃を掲げ、村人たちへと宣言する。

（ふっふっふっ……これで自然に出ていけるだろう）

俺には故郷を滅ぼされたというバックストーリーもあるしな。

咄嗟《とっさ》にやることに決めた断罪者ムーブ、なかなか便利だぜ。

「クロウくん……」

「……それに本来、魔導兵装を使うには国の許可が必要だと聞く。それをもらうために、まずは帝都を目指そうと思う」

そうそう、免許制らしいっすからねー魔導兵装。

人を余裕でブッ殺せるアイテムなのだ。無許可で振るうのは実は違法だったりする。

クロウくんはいい子なので犯罪はしません。

まぁ人混みの多い帝都にヒト斬り刀のムラマサを持って行くのは不安だが、そこはこっそり魔物を狩って満腹にさせておけばいいかな。

無許可で振るうのは違法？　バレなきゃ犯罪じゃないんスよ。

その後は人の少ないところでこっそり暮らしつつ、呪いを解く方法を探していくさ。

「また、コレも遊ばせておける代物ではないだろう」

そう言って、背中に携えた大剣『ダインスレイブ』に目を向けた。

あの黒魔導士が残していった魔導兵装だ。

クソ重いことを除けばイイ子なんだよなぁ、この子。

柄《つか》を握ったら〝血が欲しい〜！〟って感じの波動が伝わってきたけど、うざいからムラマサでゴツゴツ叩《たた》いたらおとなしくなった。

あの骸骨《がいこつ》筋肉曰《いわ》く、ダインスレイブのほうが格上らしいのにな。きっと謙虚な性格なのだろう。

俺は聞き分けの良いイイ子は大好きですよー。

「魔導兵装は希少な戦力。次は平和のために用いられることを願って、帝都に提出する（※持ってったらお金貰《もら》えるらしいしね!!!!!!）」

「そうか……本当にしっかりとした子じゃのぉ、キミは」

「そんなことは（※あるよ!!!!!!）」

これにて問答は終わった。

村の者たちはまっすぐに俺を見据え、俺を見送ってくれる。

「疲れたら、いつでも帰って来なさい。みんなで出迎えてやるからのぉ」

「……ありがとうございます、村長。では、またいつか（※もう帰りたい……）」

筋肉痛を隠して旅立つ。

あぁ、次に帰った時には、ムラマサとさよならバイバイできてたらいいなぁ。

そんで『悪を許さぬ断罪者』なんて気難しいキャラ付けはさっさと辞めたい。

こんなキャラ疲れるだけだし、なによりコレで有名になっちゃったら、ヤベーヤツの討伐《とうばつ》依頼とか頼まれちゃうかもだからね！

◆
◇
◆

「――本当に、立派な子じゃのぉ、クロウくんは」

しみじみと呟《つぶや》く村長。

村の者たちと共に、過ぎ去っていく背を静かに見送る。

……先日の戦いにて、容赦《ようしゃ》なく黒魔導士らを葬っていったクロウの姿は、助けられた彼らでさえも恐ろしく感じるものだった。

一体どれだけの激情を爆発させたのか。素人目にもわかるほど凄《すさ》まじく、何より自身の肉体《からだ》が壊れかねないほどの剣技の数々。アレを繰り出すクロウの様は、いっそ常軌を逸しているようにも見えた。

だが、

『あぁ、みんな……よかった……』


無事な自分たちを見て、そう言って微笑《ほほえ》んだクロウの姿に――恐怖心など吹き飛んだ。

ああ、彼は心の底から平和を願って戦っていたんだ……！

無力な我々を守るために、もう二度と故郷の惨劇《さんげき》を繰り返さないために、正義の怒りを胸に戦い抜いたのだ。

そのまま意識を落としたクロウを前に、誰もが「ありがとう」と感謝した。

そして今日。クロウは唐突に旅立ちを決めた。

それに驚く村長らだが、心の底ではわかっていたことだ。『断罪者』となった彼は、悪を狩り取る鴉《からす》として、羽ばたいて行ってしまうのだろうと。

「……村長さん」

見送る村長に、少年少女らが声をかけた。

クロウの同郷だった者たちだ。彼らは意を決して村長に告げる。

「アイツは……あの人はこれから、過酷な戦いを続けると思います。もう二度と、オレたちみたいに故郷をなくすヤツが出ないように」

「じゃろうなぁ……」

「だからっ！　近隣の村に伝えていきませんかっ⁉　『断罪者クロウ』の話を！」

瞳を燃やす少年少女たち。熱い想《おも》いが村長にぶつけられる。

「クロウの話が伝わっていけば、旅先で彼を助けてくれる者が現れるかもしれないっ！　そんな形で彼に恩返しができるかもしれない！

たとえ無力なオレたちだろうと……何もできないのは、もう嫌なんだっ！」

「ッ――」

彼らの想いに、村長は静かに感激した。

クロウの勇気と優しさは、こうして他の者たちの心にも火を灯《とも》していたのだ。

改めて、かの若者に敬意を表する。彼こそ、今の世にもっとも必要な存在なのだと確信する。

「よしわかったっ！　こうなったら詩でも本でも作りまくって、広めまくってやろうではないか！

『断罪者クロウ』の、旅立ちの日の物語をなっ！」

「やったぁ！」

喜び笑う少年少女たちと、自分たちも手伝おうと駆け寄る村の者たち。

こうしてこの村を発信地に、クロウの存在は世界中に広まっていくことになるのだった。


——なお、クロウからしたらありがた迷惑である!!


そもそも彼は断罪者ではないし勇気も優しさもありはしない。

全て呪いを隠すためにテキトーに演じていただけで、中身はクズな小市民なのだ。

できることならバトルなんて二度とごめんだと思っていた。

だが村人たちは気付かない。

「よ～し歌とか作っちゃうかー」

「それいいなー」

無邪気にクロウの存在を広める計画を立てる村人たち。

もはやただのファンクラブである。

彼らはクロウが〝みんなに疑われてない〟と思って放った『あぁ、みんな……よかった……』というセリフを〝みんな、無事でよかった！〟という意味に解釈しており、すっかりクロウ大好き人間と化していた。

さらにクロウが〝好感度これでプラマイゼロだろな～〟と思っていた少年少女らは、実は元々彼を好いていたがために好感度は限界突破！

のちにクロウの存在を広めるべく、吟遊詩人や歌手となって世界に羽ばたいて行くのだった……！

かくして、本人の知らないところで盛り上がりまくる村人たち。

クロウが「今日は野宿かなぁ。虫きらいなのに……」と情けないことを言っている間に、とんでもない事態になり始めていたのだった……！

第五話　～無駄な運命の出会い～

——はい、村を出てから一週間経《た》ちました。

あのですねぇ、クロウくんはですね、帝都のある南に向かおうと思っていたわけですよ。

遠いのはわかってるけど、頑張って歩いて行こうと思ってたんですよ。

それなのにさぁ～～～～～～？？？

「はぁ、はぁ……あのームラマサさん、そっちは東なんですけどぉ!?　トンチンカンな方向にダッシュしないでくれますぅ!?」

——魂　魂……！——

「あ、聞いちゃいねえコイツ」

薄暗い森を全力ダッシュする俺の身体《からだ》。

……はい。魔剣ムラマサくんはお腹《なか》が空《す》くと強そうな魔物のいるほうに走っていっちゃうわけですよ。

おかげで全然目的地に着くことができねえ。身体もめちゃくちゃ疲れるしな。

「うぅ……魔物との戦闘も怖いしさぁ……」

ムラマサに操られている時の俺は強い。ボーッとしてる間に、どんな魔物も倒してしまう。

だがしかし。戦っているのはあくまでも俺の身体だ。

目の前を爪《つめ》や牙《きば》がギリギリで通り過ぎていくため、まったく生きた心地がしない。

「はぁ、いつ怪我《けが》をするかわかったもんじゃねえ……」

息継ぎついでに溜《た》め息を漏らす。

正直このままでは、魔物の攻撃を喰《く》らわなくても筋肉が千切《ちぎ》れかねない。

ムラマサが満腹になってる間に、疲れた身体を引きずってできるだけ南に向かって、やがてまたムラマサが腹減ってとんでもない方向にバトルしに行く流れの連続。もうきつすぎる。

「うーん……いっそ、身体が自由な間に自主的に戦って魂を食わせれば、ムラマサが腹を空かせることも……って、そりゃ危険すぎるよなぁ」

俺自身は素人だからなぁ。それで死んだらアホすぎる。

「どこかで馬車とかに乗れたら、身体が自由な間にぐっと前に進めるんだけどなぁ。

ま、そんなもんがあるのは帝都周辺の『安全圏内』くらいかぁ……」

そこに向かいたいっていうのにさぁ、はぁ。

俺は何度目かになる溜め息を吐《つ》いた。

——魂！——

とそこで、ムラマサの嬉《うれ》しそうな声が響いた。

目当ての獲物が近いらしい。森を駆《か》ける足がさらに加速する。

「うーん、次はどんなヤツとバトルになるんだか」

強い魔物ほど美味《おい》しいみたいだからなぁ。いやだなぁ～。

そう思いながら（勝手に）走り続けていくと――、

「――くっ、ここまでなのか……ッ！」


不意に響く女性の声。

鬱蒼《うっそう》とした茂みを抜けると、そこには巨大な牛人の魔物『ミノタウロス』が、女性を殴り潰さんとしていた。

俺はハッと目を見開く。

人が殺されそうになっててビックリというのもあるが、注目すべきはその女性の容姿だ。

歳《とし》は二十代そこそこといったところか。金色の長い髪に気の強そうな蒼《あお》い瞳、白い肌に桃色の唇をしていて――って顔とかは今どうでもええわ！

問題は服だよ服。彼女の纏《まと》っている白い軍服……あれはたしか……。

（聞いたことがある。あれは、『魔導騎士』の恰好《かっこう》だ！）

魔導騎士。それは国軍に所属する魔導兵装使いのことだ。

危険な魔物を討伐《とうばつ》したり、兵装を悪用する黒魔導士をぶっ殺すことを目的とした、現代のおまわりさんだ。

こ、これはまずいぞぉ！

（まずいまずいまずいまずいっ！　もしも俺が、許可もなしに魔導兵装を振るってるのを見られたら――って、あぁっ⁉）

勝手に飛び出す俺の身体。

ムラマサさんはいつだって食欲第一だった。俺が逮捕されるかもしれない、なんてことはどーでもいいとばかりに、漆黒《しっこく》の異様な刃を引き抜いた。

ハイどう見ても魔導兵装です、本当にありがとうございました！

（あぁぁぁあっ、もうこうなりゃヤケだ！　やっちまえムラマサ！　ちょうどいいタイミングでイイ感じのセリフを吐いて、例の『断罪者』アピールするから！）

それで兵装の使用が見逃されるかは知らんが、俺が自由に使えるのは口だけだ。やるしかない。

『ブッ、ブモォッ⁉』

迫る俺にミノタウロスが気付いたようだ。

だがもう遅い。俺の身体は（骨をミシミシさせながら）何メートルも飛び上がり、牛人の首元まで迫ると――、

「悪よ、滅びろ」

斬魔一閃《ざんまいっせん》。

一瞬のうちに首を刎《は》ね、その命を刈り取ったのだった（※その後、着地したら足首がゴキッていった。うぎゃー⁉）。

（うぉぉぉぉおおッ、超イテェぇぇぇッ⁉　疲労も溜《た》まりまくってたし、いよいよ足がイカれたかもぉぉぉお⁉）

正直言って泣きそうだ。

でも俺は必死で涙をこらえると、キリッッッとした顔で倒れゆく魔物の死骸《しがい》を睨《にら》んだ。

さぁ金髪の女騎士さん、断罪者アピールいきますよぉ～？

「――裁きの刃に散るがいい。純白の華を散らさんとした報い、神に代わって俺が与えよう」

キリリッッッとした顔で言い放つ。

……ハイどうでしょうか女騎士さん、今の俺のセリフは⁉

裁きの刃ってところで断罪者ポイント＋50、神に代わって報いを与えるってところでさらに＋50の、合計100点なセリフだと思うんですけど！

さぁさぁ、女騎士さんの反応は⁉

「っ――純白の、華っ⁉　彼氏いない歴＝人生のこのわたしがぁっ⁉」

顔を真っ赤にする女騎士さん。かわいらしいですねー。

って、反応するところそこじゃねえよッッッ!?

◆◇◆

「**悪よ、滅びろ**」

（っ――）

颯爽《さっそう》と現れた黒髪に、『魔導騎士』アイリス・ゼヒレーテは心奪われた。


――村娘の頃より、彼女は騎士物語に憧《あこが》れていた。

アーサー王、シャルルマーニュ、クー・フーリン。

民のために刃を振るう彼らの、なんと勇ましきことか。

頁《ページ》をめくっては瞳を輝かせたアイリス。

『自分も、こう生きたい』

寵愛《ちょうあい》される姫にではなく、彼らのような騎士になりたいと、幼きアイリスは強く願った。

それから二十年。アイリスは夢を叶《かな》えてみせた。

村の少年たちに交じって木刀を振り回し、「女の子らしくしてくれ」とむせび泣く親に謝って出奔《しゅっぽん》し、旅先で師を得て修行し、ついには現代のナイト・魔導騎士の座を摑《つか》み取ったのだ。

さぁ資格は得た。騎士になったからには民のために頑張ろうと奮起し、アイリスはひたすら戦い続けた。

山ほどの任務を自主的に受け、あちこちに出向いては戦って、戦って戦って出世して出世して戦って、やがて同僚たちより「女の幸せを捨てている」「任務が恋人のアラサー女騎士」と陰口を言われるほどに戦い、『自分の生き方はこれでいい』と意地を張るようにさらに戦って……。


そして、あっさりと敗北した。


大量の魔物を始末した後、疲れていたところをミノタウロスが不意打ち。即座には動けないほどのダメージを負ってしまったのだ。

(しまっ、た……)

万に一つのミスだった。

だが逆に言えば、万の戦いを重ねれば、必ずいつかは訪れるような失敗だった。

ひたすら戦い続けた女騎士は、それを引き当ててしまったのだ。

『ブモォォォオ！』

とどめを刺さんとする牛人。

振り上げられた剛拳を前に、アイリスは思い出した。

どんな騎士たちも、最後には滅び去っていることに。戦場で死を振り撒《ま》く者には、やがて誰かから死を与えられるという当たり前の事実に。

「くっ、ここまでなのか……ッ！」


自分の騎士道も、人生も……よく考えればあまりにも花のない生涯も、ここで幕を閉じるのか。

（ああ……こんなことなら一度くらい、恋とやらでもしてみるべきだったか……）

誰かに恋をし、恋人となり、純白のウエディングドレスを着て幸せになる自分――。

そんな、馬鹿な妄想をしてしまう。こんな堅物《かたぶつ》の戦いしか知らぬ女に、振り向いてくれる『誰か』など現れるわけがないとわかっているのに。

それでも、

（一人で死ぬのは……すごく、嫌だっ！）

今更ながらに湧き上がる後悔。死への恐怖に身体が震える。

こうして彼女が、終わりを迎えようとした――その刹那《せつな》。


斬。

（えっ……）

まるで、時が止まったように感じた。

突如として現れた黒髪の若者。彼の振るったペンタブラックの刃が、死の運命を斬り裂いたのだ。

視線が彼に、釘《くぎ》付けとなる。

(この、者は)

呆然《ぼうぜん》と見上げるアイリス。

颯爽と現れた彼の姿が、まるで幼き頃に夢見た本物の騎士のように思えて——。

(この者は、一体……!)

やがて、時は動き始めた。

鮮血を噴きながら生首が落ちる。鈍い音を立て、ミノタウロスの巨体が地に倒れる。

そんな牛人と自身の間に、その若者は舞い降りた。

彼は、凛《りん》とした瞳でミノタウロスを睨むと——、

「——裁きの刃に散るがいい。『純白の華』を散らさんとした報い、神に代わって俺が与えよう」

(ツッツ⁉　ツッツッツッツ⁉⁉⁉⁉⁉)

純白の華⁉　誰がっ⁉　——この、万年喪女《もじょ》の私が⁉

瞬時に沸騰《ふっとう》するアイリスの脳みそ。

突然の口説くようなセリフにパニック状態になり、思考が自然と口から出てしまう。

あぁ恥ずかしい。真剣な顔で何を言ってるんだ彼は。

こんなアラサーをからかうんじゃないと、そう怒りつつも——


（……純白の、華……！）


思わず口元がにやけるアイリス。

つい先ほどまでの危機を忘れるほどに、どうしようもなく胸が高鳴っていた。

——こうして、クロウが咄嗟《とっさ》に放った一言は彼女の心にクリティカルヒット。

彼はまっっっったく意識しないまま、帝国魔導騎士団・副団長『白刃《はくじん》のアイリス』の初恋相手になってしまうのだった……！

◆◇◆

「——ぐずっ、そうか……それで故郷を滅ぼされたクロウくんは、悪《あ》しき者たちから人々を守るために、旅立ちを決め……！」

「はい（めっちゃ泣いてくれてるぅ……）」

あれから数分後。

俺はアイリスさんという魔導騎士様と一緒に、その場でひとやすみしていた。

森の中だが、魔物が近づいてくる可能性は低い。

アイリスさんが『魔除《まよ》けの札』を出し、四方に張り巡らせてくれたからだ。

魔力の影響で、千年前にはパチモンらしかった呪符《じゅふ》も本当に効力を持つようになったわけだな。

使い捨てだがそれなりの効力はあるという。

「それでアイリスさん、勝手に魔導兵装を使ってしまった件ですが……」

「敬語はいらない。あと呼び捨てにしてくれ」

「えぇ……」

いやいやいやいやよくないだろ……！

年上な上に、話によると騎士団の中でもめっちゃ偉い立場らしいのに。

あぁでも、せっかくフレンドリーにしていいって言ってくれてるのに、断ったら怒っちゃったり⁉

そしたら見逃がされる可能性はゼロになっちゃうし、こうなったら覚悟を決めて……！

「……わかったよ、アイリス。これでいいか？」

「うむっ、それでよろしいっ！」

ぱぁっと明るく笑うアイリス。

どうやら正解だったらしい。いきなりドキドキさせてくれる女騎士様だ。

「さてクロウくん。資格もなく魔導兵装を使うのは犯罪だ。たとえ人を傷付けてこなかったとしても、重罪に値する」

「それは……（ありゃ〜〜〜〜〜やっぱ見逃してくれない感じ⁉）」

俺は冷静な顔の裏で泣きかけた。

これでクロウくんは断罪者から犯罪者だ。ちょっとお金持ちになってそこそこ美人な嫁さんをゲットする夢は、限りなく遠いものになってしまった。


……てか、牢《ろう》にぶち込まれて魔物狩れなくなったら、俺やばくね⁉


あのムラマサのことだ。腹が減ったら獄中の俺を操り、無理やり自分を取りに来させるに決まってる。

そして脱獄させられた俺は、一般人を斬りまくって国家の敵に……あわわわわわ⁉

もうこうなったらクールぶってる余裕なんてねぇッ！

「アイリス……俺は……！」

かくして、俺が『断罪者』ムーブなんてアホな真似《まね》はやめ、全力で『悪気はなかったんです許してくらひゃぃいいいいいい！』と泣き付こうとした時だ。

不意にアイリスは「ただし」と言った。

「一般人が魔導兵装を使っても、罪に問われないパターンがある。それは、魔導騎士の弟子である場合だ」

「なに……？」

思わず呆気《あっけ》に取られてしまう。

この人は何を言っているのかと。

「師の許可さえあれば問題なしだ。そうじゃなければ使用訓練できないからな」

「いや、アイリス？　俺に魔導騎士の師なんて――」

そこで俺はハッとした。まさか彼女は……！

「……俺のことを、庇《かば》ってくれるのか……⁉」

「ふっ、何のことだかわからんなぁ？　ずっと弟子だったクロウくんんんんんん？」

「っ……！」

俺はたまらず彼女の手を握った！

突然のことに「ひゃぁっっ⁉」と驚くアイリスさん。

おっと、こんな根暗顔の犯罪野郎にいきなり触られたら怖いよな。

でもすまない。本当にもうダメかと考えてたんだ。まさか見ず知らずの俺を庇ってくれるなんて思わなかった。

ああ、彼女に感謝だ。ここまで感謝の気持ちを抱いたのは初めてだ……！

俺はアイリスの白い手をしっかりと握り、綺麗《きれい》な瞳を強く見つめた。

「ありがとう……ありがとう、アイリス……！　この恩は絶対に忘れない。一生を懸けてでも、君に報いていくと誓おう……っ！」

「一生⁉」

アイリスはぷるぷると震え始めた。

おっと、流石《さすが》に一生恩返ししますよ発言は重すぎたか。驚いてしまうのも仕方ない。

でも、これくらい言わないと気が済まないくらい感激してるんだよなぁ……。

「ァっ、ぁのっ、クロウくん、さっきから、手……ちから、つよい……これが、おとこのひとの……！」

「っと、すまない。こんなにも素敵な人に巡り合えるとは思わなかったからな」

「すてきなひとっ⁉」

「俺としたことが、興奮してしまったというか……それで力が……」

「興奮っ⁉　わたしで⁉」

今度は「みゃあああ⁉」と鳴くアイリスさん。

あまり褒《ほ》められ慣れてないのか、すごく恥ずかしそうだ。

こんなに良い人なら毎日だって褒めてあげるのに。


「本当に、アイリスと出会えてよかった……！」

「はわぁぁぁぁあ……⁉」


――こうして俺は、彼女のおかげで罪を免《まぬが》れたのだった。

いや～一時はどうなるかと思ったぜ。捕まらなくてよかったよかった！

これで何も問題なしだぜーっ！　はっはっはっはっは！

アイリス「この男、

絶対に捕まえて婚約してやる……！」

第六話

～絆《きずな》を重ねて（※有料）～

――魔導騎士アイリスと出会った後のこと。

俺は彼女の有する幌馬車《ほろばしゃ》の中で揺られていた。

横に座ったアイリスとたまに肩がぶつかるたび、彼女は赤面しつつも申し訳なさそうな顔をする。

「狭い馬車ですまない。あいにく私一人用でな」

「いや、乗せてくれるだけありがたい」

内部には食料品や生活用品が大量に積み込まれていた。

アイリスは長期遠征することが多いらしく、ここらの魔物を掃討した後も様々な土地に向かう予定だったらしい。

俺と違って呪《のろ》われてるわけでもなさそうなのに、無茶するなぁ。

「はぁ……まさか不意打ちを受けるとは、私も疲れが溜《た》まっていたらしい。クロウくんが来てくれなかったら死んでいたよ。本当にありがとう」

「気にしないでくれ。俺のほうこそ、アイリスと出会わなければどうなっていたか」

おかげで犯罪者エンドを回避できたからなぁ。この人にはマジで感謝しかない。

それに身体《からだ》も限界だったしな。あのままじゃ帝都に着く前に野垂《のた》れ死んでたよ。馬車最高ですわぁ。

「それにしても速いな。これが魔物の力か」

ちらりと前を駆《か》ける白馬を見る。

その頭部には、立派な一本角が生えていた。

「馬から変異した魔物『ユニコーン』だったか。大剣のダインスレイブまで積んでいるのに凄いな」

「うむっ、通常の馬より何倍も速くて力強いからな。特に私のユニタローは優秀なんだぞ〜？」

得意げに胸を張るアイリスさん（すっごくおっきい。でもネーミングセンスは絶無だなぁ）。

ちなみに御者はおらず、勝手にユニコーンに走らせている状態だ。

とても賢い魔物だそうで、道さえわかっていれば目的地まで最短で連れて行ってくれるらしい。

頭がいいんだなぁと言うと、アイリスさんは「ただアイツ、乙女以外には塩対応だがな」と苦笑した。

ってキモい奴《やつ》だなオイ。

「馬のくせになんて性癖してるんだ……」

「まぁ、伝承においてユニコーンはそういう生き物とされているからな。魔力の影響でソコも現実化してしまったのだろう。

そんな残念なところもあるが、人を食わない希少な魔物でな。ゆえに騎士団では重宝している」

あー人を食わないっていうのは重要だよね。

ゴブリンなんかを平気で使役していた黒魔導士とは違い、魔導騎士は平和の守り手だ。人を害するような魔物は扱えないだろう。

騎士団本部も帝都のど真ん中にあるらしいしな。暴走したら大変だもんね。

「ふむ……ところでアイリス」

「なっ、なにかなっ？」

アイリスさんは声を上擦《うわず》らせた。

――先ほどから液体を揉《も》み込んでいる彼女の手より、くちゃッと音が鳴る。

「それ、『ポーション』と言うんだったか？　治癒力を高めるという」

「うむっ！　飲んでも効果はあるが、痛めた個所に塗り込めばもっと効くからな。だから、な……？」

ぬるぬるの手をワキワキさせるアイリス。彼女の視線が俺の足を這《は》っていく。

……実は馬車に乗り込んだ直後、これまでの戦いで足を痛めてしまったことを告白していた。

すると彼女は「大丈夫なのか⁉　まさか痛みを押してまで、私を助けてくれたのかっ⁉」と大騒ぎ。

自分の飲んでいたポーションの瓶を、俺の口に突っ込ませようとしてきたのだ。

『万が一があってはいけないッ！　さぁ飲めッ、ぐいっと一気に！　赤子が乳首をしゃぶるように飲めッ！』

『お、おいアイリス⁉』

いや瓶に直接クチを付けるのはマズいだろうと全力拒否。

アイリスもハッと正気に戻り、『た、たしかにこれでは間接キスになってしまうな……っ！　私ってば、色々焦《あせ》って……っ！』ともじもじし始めたのだった。

いい人だ。きっと、冷静さを失ってしまうほどに俺のことを心配してくれたのだろう。

その後、せっかくだし塗り込むことにしようという話になったわけだ。

「……だがアイリス。わざわざ君が塗ってくれずとも……」

「何を言うっ⁉　クロウくんが足を痛めた原因は私にもあるのだ、これくらい当然だ！

それに、設定だけとはいえ私は師匠だからな。弟子の面倒を見るのは師の務めだ！」

「アイリス……」

や、やっぱりこの人、いい人だぁ～！

俺の足を見る目が妙に生々しく感じたのは気のせいだったらしい。

それほど熱心に患部を見ていたってことだ。俺ってばなんて勘違いをしてしまったんだか。

「そういうわけでクロウくん、どんどん私に甘えるがいい。足以外にも痛いところがあったら言ってくれ。師として……そう、師として全力で治療するからなぁ……！」

「そうか。ならば遠慮なく頼もう」

本人があぁ言ってくれてるんだ。ここは遠慮なく好意に甘えるのが礼儀だろう。

ということで、俺はフードとアンダーシャツを脱ぎ、上半身を露《あら》わにした。

「って、ンなぁっ⁉　ちょっ、クロウくんなにを⁉」

「いや、実は連戦続きで全身を痛めていてな。上半身にも塗ってほしいんだが」

「はぇぇぇぇぇ～～～～～⁉」

素《す》っ頓狂《とんきょう》な声を上げるアイリス。顔がまるでゆでダコみたいだ。

あぁ、彼女は恥ずかしがり屋さんなところがあるからな。

人格者な彼女のことだから俺なんかの半裸を見たところで変な気なんて一切《いっさい》起こしていないだろうが、それでも触るのは気が引けてしまうか。

俺としたことがやってしまったな……。

「すまない。流石《さすが》にこれは駄目だったか」

「駄目じゃないッッッ！」

めっちゃ食い気味に叫ばれた。前を走るユニコーンがビクッと身体を震わせる。

「わ、わ、わたひはクロウくんの師匠、『白刃《はくじん》のアイリス』だぞ……！　むしろそれくらいで駄目と思われるほうが失礼であってだな……！」

「そうか。ならばよろしく頼もう」

よかったぁ、アイリスさんは全然気にしてないようだ。

俺はさっそく彼女に近寄り、上半身を突き付けた。

こちらのほうが背が高いため、アイリスの目の前に胸板が迫る形となる。

「わひゃっ⁉　ぶっ、分厚くて、引き締まってて、しゅご……っ⁉」

あぁ。元々走り込みで鍛えてたし、子供たちを何人も抱っこしたりで身体使ってたからなぁ。

それにここ一週間はほとんど休まず限界まで動きまくってたから、特に引き締まったと思う。

「うわっ、うわぁ……！」

アイリスさんの視線が熱い。

どの筋肉がどれほど傷《いた》んでいるか、しっかりとチェックしてくれているのだろう。

本当に尊敬できる人だぜ。

「さぁ師よ。足でも胸でも腹筋でも背中でも、どうか好きな場所から触れていってくれ」

「ひゃっ、ひゃぃッ！」

——こうして近隣の村に着く間、清廉《せいれん》で弟子思いで無欲で優しい師匠は、たっぷりと俺のことを癒《い》やしてくれたのだった。


あと終わった後お金渡された。なんでだ？

クロウ「俺にお金がないことに気付いたからか？　師匠は優しいなぁ」
（体力100回復　状態：ほぼ全快）
アイリス「こ、こうでもしなければ気が済まないぃぃい……！」
（精神力100万回復　理性：ほぼ全壊）

※ママ活の始まりである。

第七話　未成年とお泊り!!!!　アイリスさん!!!!!!!!!!!!!!!!!!

　ポーションマッサージの後。よほど真剣にやってくれたのか、アイリスさんは「はぁはぁ……！」と息を荒らげていた。

　胸を押さえて苦しそうだ。どうしたんだろ？

「大丈夫かアイリス？　辛《つら》いならば横になるか？　膝枕するぞ？」

「って膝枕ぁ!?　い、いやいいっ！　そんなことされたらもっと息が荒くなってしまう！」

「なぜ……？」

「とにかく駄目なものは駄目だっ！　いや一生駄目というわけではなく今は色々限界だから駄目というだけでせっかくだからまたの機会にしてくれると……って膝枕の話はいい！　それよりも、村が見えてきたぞ！」


　雑木林を抜けると、かなりの大きさの集落が現れた。

　ほほ〜立派なところだなぁ。俺が住んでいたあたりの村とは違い、しっかりとした造りの建物が数多く立ち並んでいる。どれもおっきめだし、あと比較的ピカピカだ。

「あそこはラヴォル村と言ってな。大都市までの経由地となるよう近年興《おこ》された村なんだ。もう夕暮れだし、今日はここの宿に泊まるぞ」

ほほほぉ、宿にお泊りか！

それはありがたいですわ～。何せこの一週間、クロウくんってば野宿生活を強《し》いられてきたからな。もう草の地面はこりごりだってばよ。ありがたいねー。

（久々にベッドで寝たいな～……って、ちょっと待てよぉ⁉）

そこで俺は問題に気付いた。

（俺ってば、ムラマサのせいでいつ人を襲ってもおかしくないんだぞ⁉　それなのに人の多い場所に入って大丈夫なのか⁉）

おぅふ……これは懸念すべき事態だぞぉ……。

一応、アイリスさんを助けた時にミノタウロスを食わせてやった。おかげで魂魂うるさくないし、身体《からだ》も自由に動かせている。

……だけど、だからって絶対に大丈夫ってことはない。

もしもムラマサが急に小腹を減らして俺の身体を乗っ取ってみろ。そんで何の罪もない村人に斬《き》りかかっちゃったらもう終わりだよ。俺は一気に犯罪者だ。

（それだけは避けなきゃいけない未来だよな。でも、いつまでも野宿生活なんてしてたら身体が持たないし……）

馬車が村へと近づいていく中、俺は脳みそを必死で回す。

（うぅむ……騎士の資格を手に入れるために、どうせ帝都に入らないといけないんだ。だったらここで人里の中で一晩過ごして、覚悟を固めておくのもありだな）

よぉし、決めたぞ。あれこれ言い訳して野宿するのも変だし、俺も今日はここに泊まります！

でも、いざムラマサに身体を奪われた時、俺のことを止めてもらうために――、

「すまないアイリス、頼みがある」

「ん、なんだクロウくん？」

きょとんと首を傾《かし》げるアイリスさんに、俺は言い放つ。

「どうか俺と、同じ部屋に泊まってくれないか？」

「ふぇえッ⁉⁉⁉」

その瞬間、彼女の顔がまたもや真っ赤になったのだった。

◆◇◆

（私は夢でも見ているのだろうか……）

女騎士アイリス・ゼヒレーテの人生は乾ききっていた。

幼い頃から騎士に憧《あこが》れて剣を振り回し、念願叶《かな》って魔導騎士になってからはひたすら仕事に打ち込み続けた。

そうして気付けば二十代も後半。男友達の一人もつくらず、ここまで生きてきてしまった。

（もう自分には女としての幸せなんて摑《つか》めない。最近ではそう考えるようになり、さらに仕事に打ち込むようになっていたんだが……それなのに）

意味がわからない……理解ができない。これは現実なのだろうかと彼女は戸惑う。

あぁ、どうして……。

「どうだアイリス？　マッサージなんて初めての経験だから、痛くないといいが……」

「だ、大丈夫だ！　気持ちいいぞっ！」

――どうして自分は、まだ十代の精悍《せいかん》な美青年に全身を揉《も》みほぐされているんだ⁉

男のおの字もない人生だったのに、なんでこんな素敵な男の子と相部屋になっているんだ⁉

もう急展開すぎてアイリスは頭が沸騰《ふっとう》しそうだった。

カップル用の大きなベッドに寝そべりながら、クロウに背中をほぐされる快感に身悶《みもだ》えする。

（ふぁあっ……♡　男の子の手、あつくてちからづよい……！　さ、触られてるだけで、お腹《なか》の奥のナニカが潤《うるお》うぅ……！♡）

ベッドの上でへにゃへにゃに溶けるアイリス。

クロウ自身が手慣れてないと言うように、揉みほぐし方自体は明らかに素人のモノだ。

だがそんなものは関係ない。人生喪女《もじょ》無双し続けたアイリスにとっては、若い上に強くて素敵な男の子に触られているというだけでもう十分だ。

それにむしろ、慣れない手付きというのが逆に猛烈に興奮する。

本人曰《いわ》く、『両親がいないからマッサージしてあげる機会なんてなかったし、そもそも女性の身体に触れるのも初めてなんだ』とのこと。

（ふは、なんだそれは……ッ！）

大胆な言動が多かったため、てっきり女性慣れしてると思ったが……。

（おいおいクロウくん……！　冷静で大人びた顔立ちの割に、実はウブでしたとか、それは犯罪すぎるだろう……ふへへへ……！）

ベッドに顔を押さえつけるアイリス。いま彼女は、自分が騎士としてしてはいけないような顔になっていることを自覚していた。

ああ、年上としてクールぶっているつもりだが、つい先ほどから女性ホルモンの猛噴出が止まらない。頑張れば母乳すら出せそうな思いだ。

ぶっちゃけ彼女は、クロウに対して発情しまくっていた。

「ん、アイリス……なんだか身体から甘い匂いが……？」

「きっ、気のせいだぞクロウくん！　あぁ、それにしても驚いたぞキミには。いきなり相部屋にしてほしいと言われた時には、一体どういうことかと思ったぞ」

まさかド直球で誘ってくるなんて――と思ったが、クロウ曰く『師になってくれた礼として、護衛役兼世話係を務めたい』とのこと。

アイリスはちょっぴり残念に思いつつも、彼からの気遣いを受け入れたのだった。

そうして相部屋となったわけだが……。


「すまないアイリス……まさかツインベッドの部屋が空いてないとは」

「そうだなッ！　まさかまさかだなッ！」

申し訳なさそうにするクロウに対し、アイリスはむしろこの幸運に感謝していた。

（ふへふへへ……！　まさかクロウくんと一緒に寝られるとは。これならば偶然を装って身体をくっつけたりスリスリしたりして、彼を誘惑することも可能では!?）

……すっかり脳みそを煩悩《ぼんのう》に支配されている女騎士。

数時間前までは清廉《せいれん》な騎士そのものだった彼女だが、偶然出会ったクロウから（無自覚な）性的アプローチをされまくり、もはやアイリスの脳は興奮でダメになりかけていた。

ああ、だからだろうか――。

「クロウくん。次はぜひ、身体の前のほうをマッサージしてっ……あぐっ……!?」

身体の向きを変えようとしたところで、アイリスはようやく気付いた。神経が急速に麻痺《まひ》し、身体が動かなくなっていることに。

そして、自分の肉体《からだ》から溢《あふ》れ出している匂いとは他に——窓の外から、甘い香りが吹き込んでいることに。

「これ、は……！」

夜の帳《とばり》が降りる中、村に危機が迫っていることを、彼女は遅れて思い知るのだった。

「身体《からだ》、が……（なんだなんだなんだぁ⁉）」

アイリスさんにマッサージのお返しをしていた時のこと。急に指先の動きが鈍り、呂律《ろれつ》さえも回しづらくなっていった。

何かの病気になってしまったのかと思いきや、アイリスさんも痙攣《けいれん》しながら口をパクパクさせている。どうやら俺だけの異常じゃないらしい。

「ク、クロウ、くん……これはおそらく、魔物の毒だ……！　外から魔物が、毒を吹き込んだんだ……！」

「なに……⁉」

そういえばマッサージの途中から、ほのかに甘い匂いがしていたな。

なんかミルク９割：花１割くらいのイイ匂いだからすんすん嗅《か》いでたけど、コレってば毒の香りだったのかよ！

（うわやっべ、とりあえず窓閉じないと！）

麻痺《まひ》していく足を引きずりながら窓に近づく。

――そこで俺は、異様な光景を見てしまった。

『キャハハハハハッ！　サぁ、みィんな食ベテアゲルワぁ！』

窓から見える村の中央……そこには、民家よりも巨大な赤い花が咲いていた。

そして花の真ん中からは、緑の体色をした異形の女が生えていた。

ってアレはたしか、書物によると……！

（植物の魔物・アルラウネ。麻痺毒の花粉と無数の蔓《ツル》で人を殺しまくるっていう、強力モンスターじゃねえか……！）

魔導騎士数人がかりでないと倒せない魔物らしい。

成体になるまで何十年も土の中で育ち、育ちきったら暴れまくるそうだ。

（そういえばこの村、近年興《おこ》されたものだってアイリスさんが言ってたな。よりにもよってアルラウネの埋まってる場所に村をつくっちまったのかよ……）

しかも俺がやってきたタイミングで開花とか、不幸すぎるだろ！　せっかくゆっくりお泊りできると思ったのにぃ！

『ソレじゃ、イタダキマ～ス！』

アルラウネは地中から蔓を生やしまくると、あちこちの建物に突っ込んでいった。

そして一気に引き抜くと、数多くの村人や旅人たちが蔓に絡め取られていた……！

「たっ、たす、けて……！」

「身体が、うごかなぃいいい……!?」

「ななっ、何だっ、何が起きてるんだぁ⁉」

悲痛な叫びが村中に響く。

他の人々も麻痺花粉の影響を受けているらしく、蔓を剝《は》がすことができないようだ。

ただただ哀《あわ》れに痙攣しながら、アルラウネへと目を向ける。

『アハァッ、みンなオイシソウッ！♡』

美少女めいた彼女の口が、横にばっくりと裂けた。

そこから覗《のぞ》く凶悪極まる乱杭歯《らんぐいば》。それによって齧《かじ》られるのだと知り、人々は恐怖で泣き叫んだ。

（うわぁぁぁ……やっぱり人型っつっても魔物だな、怖すぎるだろ。さて、これからどうしたら……）

俺は逃げる算段を立てていた。

今から喰《く》われようとしている人たちには可哀想《かわいそう》だが、あんな魔物に勝てるわけないっつの。

麻痺毒とかマジで反則だろ……俺もうほとんど動けないし。

（ううむ……手足はもう駄目だけど、イモムシみたいに這《は》いずるくらいはできるかなぁ……？　それでアイリスさんを口で引っ張って、どうにか逃げることは……）

と、俺がそんなことを考えていた時だ。不意に——身体の奥底から、声が響いた。


——魂、魂、魂……！——

（えっ）

そして、俺の身体は動き出す、、、、、、、……！

萎《な》えていた足が、ダンッと床を踏みつける。震えていた腕が、黒き刀を無理やりに摑《つか》む。

そしてそのたびに――麻痺毒に逆らった神経から、猛烈な痛みが滲《にじ》み溢《あふ》れた！

（ってうぎゃあああああああああああああッッッ⁉　ムッ、ムラマサさんッ⁉　ちょちょっ、ちょっと支配待って！　俺の身体動かすの待ってぇ⁉）

心の中で叫ぶ俺だが、魂大好きムラマサさんが言うことを聞くわけがない。

アルラウネという極上の強敵《エサ》を求め、窓の端に足を掛ける。

（えっ、まさか窓から飛び降りる気⁉　いや絶対着地したとき足首痛いってソレ！　あとそもそもマジでもう動くのやめようよぉ⁉　神経ビリビリしてマジで頭おかしくなるんだけどぉ⁉）

――黙レッ！――

（んんんんん⁉⁉⁉⁉⁉）

なっ、なんだこいつぅううう⁉

人がこんなに必死で訴えてるのに、黙れはないだろッ！　お前マジでその性格どうにかしたほうがいいと思うよ⁉

「殺す……ッ！」

溢れた憎悪が言葉となって口から飛び出る。

いやマジでこの鬼畜ソード、いつか解呪《かいじゅ》して関係切れたらボコバキにしてトイレに流してやるからなコイツッ！

──魂ィィィィイイ！──

（チクショウッ、お前本当に覚えておけよぉーーー!!）

こうして俺は無理やり身体を動かされ、窓からジャンプすることになるのでした！　しねー!!

◆　◇　◆

「殺す……ッ！」

──その一言に込められた圧倒的な殺意に、アルラウネは硬直した。

一気に下がっていく体温。気付けば身体が震えだし、緑色の表皮に鳥肌が立っていく。

（ナっ、エッ……!?）

そして断罪者が舞い降りる。

襲撃を免《まぬが》れた一室より、漆黒《しっこく》の刀を手にした男が堂々と降り立った。

彼の姿は、半病人に近い。

麻痺毒によって蝕《むしば》まれているのだろう。手足は震え、立っているのもやっとという有様《ありさま》だ。

だが、瞳が全てを裏切っていた。

「よくも人々を襲ってくれたな、外道」

『ヒッ⁉』

炯《けい》と輝く殺意の眼光。赫怒《かくど》の炎が燃える視線に、アルラウネは思わず仰《の》け反《ぞ》りかけた。

そして一歩。また一歩と、その男は歩み寄る。

毒によって侵されているはずなのに。神経は痺《しび》れ、あらゆる筋肉が硬直しているはずなのに。

だというのに、彼の歩みは止まらない。

手にした刀を握り締め、怒りのままに進撃する。

「卑劣《ひれつ》極まる毒を撒《ま》いた悪辣《あくらつ》さ。無抵抗となった人々を笑いながら喰らわんとする邪悪さ。あぁ、貴様の総《すべ》てが不愉快だ。――このクロウ・タイタスが、貴様の命を散らしてやろう！」

黒髪の剣士・クロウから溢れる激情にアルラウネは凍り付き――逆に民衆たちは、「あぁ……！」と感嘆《かんたん》じみた息を漏らした。

彼らはもはや死を覚悟していた。身動き一つできないまま、貪り喰われて終わるのだと諦観《ていかん》していた。

――そこに現れるまさかの救い手。『魔導兵装』を手にした彼を前に、全員が瞳に光を取り戻していく。

「あの異質な剣は、間違いなく魔導の武器……！　アレなら魔物にも抵抗できるッ！」

「彼はたしか、あのアイリス様の弟子だとかで、ウチの宿に一緒に訪れた……！」

「『白刃《はくじん》のアイリス』の弟子⁉　そんな奴《やつ》がいたのか⁉」

気力を取り戻していく民衆たち。彼らが恐怖を忘れていく様に、アルラウネの魔物としての本能が叫んだ。喰い尽くされるべきニンゲンどもが、何を調子に乗っているのかと。

『アァッ、アァそウよォ！　下等生物ノニンゲン風情《フゼイ》にッ、アタシヲ散らセるモノかァァァアアアアーーーッ！』

咆哮《ほうこう》と共に無数の蔓を放つアルラウネ。クロウという生意気な人間を縛って晒《さら》してブチ殺さんと憤《いきどお》る。

だがしかし。

「甘い」

一瞬閃撃《せんげき》。手にした刀が刹那《せつな》にブレるや、放った蔓が斬《き》り捨てられた。

その残骸《ざんがい》がゴミのように舞う中、アルラウネは呆然《ぼうぜん》とする。

『ハッ……ハァッ⁉』

ありえない、ありえないありえないありえないありえない！

麻痺毒によって侵されている状態で、何だ今の剣技は。どうしてそこまで素早く斬れる。

ああ、一体……どれほどの怒りと殺意を滾《たぎ》らせれば、動かないはずの肉体《からだ》でそんなことができるのか。

魔物の思考は今度こそ、恐怖一色に染め上げられる。

そして、彼女は狂乱した。

『ぁっ、ァアアアアアアアアアアァァアぁッ！　なんだオマエはァアアアーーー!!』

養分の限りを尽くして蔓を生やし、クロウ目掛けて振り乱す。

『死ネッ！　死ね！　シネェエエエッ！』

もはや民衆を襲っていた時の余裕などなかった。ひたすらに男の死を願いながら蔓の鞭《むち》をぶつけんとする。

されど――クロウには一切《いっさい》当たらなかった。

砕けていくのは鞭の当たった民家ばかりだ。多くの建物が破壊されていく中を、クロウは静かに歩いていた。

「俺は死なんさ。人々の平和を奪った貴様を、この手で断罪するまではな」

彼の周囲はまるで斬撃《ざんげき》の結界だ。彼に当たるはずの蔓だけが一瞬にして斬り刻《きざ》まれる。どんな攻撃も、クロウに対しては意味をなさない。

『アッ、ァ、来るな、クルナァッ！　このッ、バケモノめェエエエエーーーッ！』

必死に叫ぶアルラウネ。超常の意志力によって戦い続ける男を前に、人外であるはずの彼女の口から『化け物』という言葉が飛び出した。

ああ、コイツは異常だ。このままでは死ぬ。殺される。

そう思いながら暴れ狂うも、彼女の攻撃は次第に緩慢《かんまん》となっていく。

蔓を出しすぎたことによる養分不足だ。蔓は次第に細くなり、出せる本数も減っていった。

――かくして終わりが訪れる。攻撃の勢いが消え失《う》せた瞬間、クロウは力強く踏み込むと、

「悪よ、滅びろ」

刹那に閃《ひらめ》く首切り刃。

夜空に月が昇る中、魔性の華は夢のように散らされたのだった。

なお。

「悪よ、滅びろ（うえぇえええええええんっ、ようやく勝てたよぉおおおおーーー!!）」

……どれほどの怒りと殺意で動いてるんだと恐怖しながら散ったアルラウネだが、全ては勘違いだった……！

クロウに意志力なんて一切ない。ただ単に、身体を支配する魔剣『ムラマサ』に操り人形にされていただけである。

最初に「殺す」と言って怒り狂っていた殺意の矛先《ほこさき》は、自分の剣に対してだった。

だがしかし、そんなしょうもない真実にアルラウネが気付けるわけがない。そして、

「あぁ、クロウさん……ッ！」

「オレたちの救い手ッ、命の恩人……！」

「アナタのおかげで助かりましたぁ！」

瞳を輝かせる民衆たち。命を救われた彼らにとって、もはやクロウは英雄《ヒーロー》だ。

本人が無駄にカッコいいセリフを吐いてることもあり、そんな大恩人がアホな操り人形だなんて思うわけもない。

こうして人々は、村の歴史にこの日の出来事を記し残すことを決めたのだった。駄文である。

幕間　想《おも》いは至りて（アイリス編）

――かくして、ラヴォル村は救われた。

幸いなことに死者は無しだ。村の中心に魔物が現れたのにもかかわらず、クロウの活躍により誰も捕食されずに済んだ。

アルラウネという魔物の強力さを考えれば、まさに奇跡のような終わり方だ。

麻痺《まひ》毒に侵された人々も、無事な者により治療薬を投与されたことで症状が和《やわ》らいだ。毒を受けてからすぐに薬を接種できたため、翌朝には全員回復するだろうとのことだ。

こうして誰も傷付くことなく終わったように思われたが……しかし。


「クロウくん……」


事件が終息した日の真夜中。アイリスは静かに、病室に横たわるクロウを見つめていた。

彼の腕から延びた点滴。治療薬混じりの食塩水が落ちていく様に目をやりながら思い返す。

――医者曰《いわ》く、『彼の容態は非常に悪い。何かしらの後遺症が残ってしまうかもしれないし、最悪の場合、死も有り得る』とのことだ。

というのも、毒に侵された状態で激しく動き回ったがために、血流に混じった麻痺毒が内臓の奥底まで沁《し》み込んでいる可能性があるらしい。

そう聞いた時にはアイリスは泣き叫んだ。

医者のほうも手を尽くさんとしてくれたが、思いつく治療法は『とにかく治療薬を点滴しながら、ひたすら汗をかかせて解毒するしかない』とのこと。

全ては時間との勝負だった。毒が臓腑《ぞうふ》を機能不全とするまでに、一晩のうちにひたすら新陳代謝を行わせる。それがクロウの助かる道だ。

それゆえ、彼の病室にはいくつもの火鉢が置かれていた。

おかげで室内はうだるような熱さだ。クロウはもちろん、アイリスの身体《からだ》からも汗が噴き出る。

「なぁクロウくん……。今回のことで、よくわかったよ」

肌に張り付く金糸の髪をそのままに、アイリスは呟《つぶや》く。

「ミノタウロスから奇襲を受けた件に加え、アルラウネの毒に私はまるで気付けなかった。あぁ……もう認めよう。私は確実に、衰えている」

自身の手をじっと見るアイリス。もはや自分は二十代も後半。戦う者としては既に下り坂の年齢なのだと、彼女は思い知らされた。

「そんな私に比べて、キミは若くてとても強い。……悪に対する怒り一つで麻痺毒を無視するなんて、若い頃の私でもできなかったかもだ」

クロウの額に手を伸ばし、優しく撫《な》でる。

彼の汗が手のひらを濡《ぬ》らすが、それを不快に思うわけがない。

クロウ・タイタスは戦いの果てに倒れ、こうして汗を流しているのだ。ソレを汚いと思うものか。

「尊敬するよ、クロウくん。女としてではなく……いや、女としても騎士としても。私はキミを、好ましく思う」

柔らかく微笑《ほほえ》みながら、アイリスは心からの想《おも》いを伝えた。


ああ、出会ってからの時間など関係ない。むしろ一晩でよく理解できた。クロウという男は、誰かのために本気で怒り、命を懸けて全力で戦うことのできる『真の騎士』なのだと。

そんな男に、アイリス・ゼヒレーテは惚《ほ》れ込んだ。

「だからクロウくん。私は恥晒《はじさら》しな真似《まね》をしてでも、キミの助けになってあげたい」

未来あるこの若者を、心から惚れたこの子を、何をしてでも救いたい。そのためならば何だってできる覚悟が今のアイリスにはあった。

――ゆえに。

「よく眠っていてくれ、クロウくん」

アイリスは髪留めを解くと、クロウの眠る寝台へと上がった。

そして彼の身体に寄り添い、そっと静かに抱き締める。

「ふふ……こうすれば、もっとよく汗がかけるだろう……?」

優しげに、しかし苦しげに呟くアイリス。

彼女の体調は万全ではない。つい半日前、ミノタウロスの不意打ちにより怪我《けが》を負ったばかりだ。体力は完全に回復しきっていない。

「っ、くぅ……」

病み上がりの身を熱気が蝕《むしば》む。全身から汗が噴き出して止まらない。

されど彼女は自分の身などお構いなしに、クロウのことを抱き締めながら彼の汗を拭《ぬぐ》い始めた。

「クロウくん……私の大好きな男の子。きっとキミは将来、たくさんの人々に認められる者になるだろう」

——だからキミは、こんなところで終わっちゃ駄目だ。

そう言うとアイリスは、眠る断罪者の頭部を柔らかな胸へと抱き寄せた。

直接感じる彼の寝息を愛《いと》おしく思う。どうか朝まで止まってくれるなと、切に願う。

「できることなら、私の命を分け与えたっていい。ゆえにクロウくん、どうか無事に目を覚ましてくれ……！」

その想いだけを胸に、アイリスは月が沈むまで彼を看護し続けたのだった。

第九話

恩讐《おんしゅう》、『紫怨風刃《しえんふうじん》フラガラッハ』

——本日の天気は晴れ！　いやぁ〜太陽が気持ちいいねぇ！

お日様がポッカポカな陽気の中、俺とアイリスさんは馬車に乗って内地を目指していた。

やー今日のクロウくんってばマジで元気いっぱいですよー。

なにやら麻痺《まひ》毒が回りすぎたらしくて夜はやばい容態らしかったけど、朝起きたら気分爽快ですわ。

というわけで、ラヴォル村のみんなからお土産《みやげ》をいっぱいもらいつつ、旅立った俺たちなんですけど……、

「うぅぅぅ……」

……なんだかアイリスさんの様子がおかしい。ずっと赤面しっぱなしで俯《うつむ》いている。

「はぅあー……今考えると、私はなんと大胆すぎることを……！　治療行為といっても、若い男の子と同じベッドで引っ付き合って……はぅー……！」

何やらブツクサ呟《つぶや》いているアイリスさん。朝からずっとこんな感じですわ。

「しかし彼の身体《からだ》、今思い返すと熱くて張りがあってすごかったなぁ。若い子の抱き心地ってあんな感じなのかぁ……っていやいやいやッ、私はなんと淫《みだ》らなことを考えているのだっ！　昨夜のアレは、あくまで治療行為……彼のことを思った行動であって……うぅうう！」

おぉっとアイリスさん、顔を押さえながらブンブン頭を振り始めましたよ。

うーん。挙動不審なアイリスさんも可愛《かわい》いけど、そろそろ俺とおしゃべりしてほしいところですねぇ。

というわけで、彼女の両手をちょーっと強く取って振り向かせてみました。

「アイリス、しっかりしてくれ」

「ほぁっ⁉　クッ、クロウくん⁉」

クロウくんですよ。

「なぁアイリス、朝からずっと変だぞ。何かあったのか？」

「うぐっ⁉　な、なんでもないぞ！　ただちょっと、昨日の自分を恥じてるというか、もっと健全な方法があったんじゃないかなーとか考えたり考えなかったり……」

んんん？　昨日の自分を恥じてるってどういうことだぁ？　昨日一日この人とずっと一緒だった俺だが、恥ずべきところなんて一切《いっさい》なかったぞ？

うーん、でもまぁ本人的には反省すべき点があったのだろう。だったら詳しく聞き出すような真似《まね》はしないさ。

「なぁアイリス、一体何を恥じているのかはあえて聞かない。ただ一つ言うなら、俺にとっての君はとても素敵な女性ということだ」

「すッ、素敵な女性⁉」

「ああ。綺麗《きれい》で格好よくて優しい、尊敬すべき人だと思っている。

だからアイリス。詳しい事情は知らないが、自分のことをあまり責めないでくれ。君は俺の、憧《あこが》れの女性なんだから」

「はわぁぁあっ……！」

感激の表情を見せるアイリスさん。とっても嬉《うれ》しそうで何よりだ。

正直、女性相手にキザっぽいセリフを言うのは俺的にも気恥ずかしいけど、でもこれでアイリスさんを元気付けられるなら掻《か》いていい恥だよ。俺を犯罪者扱いにしなかった恩義、マジで一生モノっすからね。

「ふっ、ふふ……ありがとう、クロウくん。本当に素敵な弟子を拾えたものだよ」

「あぁ、俺も素敵な師匠に出会えて幸せだよ」

狭い馬車の中、手を取り合いながら微笑《ほほえ》み合う。


ちょっとは元気になってくれたようで何よりだ。アイリスさんは俺の天使ですからね。

「む――おぉクロウくん、前を見てみろ！　あれが『ベルリンの霊壁』だぞっ！」

と、そこで。雑木林を抜けるや、アイリスさんが前を指差した。

目を向けると、そこには半透明の壁が横一面に広がっていた。

すごい光景だな。まるでオーロラってやつみたいだ。

「千年前、ベルリンの壁という民族を分け隔《へだ》てた存在があってな。

魔力の影響で、その壁の残骸《ざんがい》は『土地の分断』という能力を獲得。

粉塵《ふんじん》にして地に散布しただけで、概念的な防壁を出現させられるようになったわけだ」

「なるほど。それにより、あの長い壁を形成したと……」

ほえー。故郷からほとんど出たことないから知らなかったわ。

魔物のせいで隣村に行くのも一苦労だし、得られる知識は限られてるんだよなぁ。

「さて、アレのおかげで外地の魔物は帝都周辺に近づけなくなったわけだが……正直言って面白くない」

不意にアイリスさんは顔をしかめた。

彼女は言う。「私もかつては外地の村娘でね」と。

「近年でこそ外地の魔物も減ってきたが、それでも野を分ければ山ほど出てくる。

それに比べて壁の向こう……帝都周辺の『安全圏』は本当に平和だよ。心に余裕が溢《あふ》れすぎて、人を差別できる程度にはね」

「なに？」

人を差別？　どういうことだ？

「命の危険がない分、勉学やらオシャレやらにうつつを抜かせるというわけさ。

その結果、それらに頓着《とんちゃく》する余裕のない外地の者は『野蛮人』と呼ばれて蔑《さげす》まれている」

「それは酷《ひど》いな……」

カーッ、このクロウくんを野蛮人扱いたぁ失礼しちゃいますわ！

俺ってば人斬《ひとき》り魔剣に呪《のろ》われてんだぞ⁉　勝手に動いてぶった斬っちゃうぞこの野郎ッ！

……あ、それもう野蛮ってレベルじゃないですね、ハイ……。

「まぁ覚悟したまえクロウくん。全員が全員というわけではないが、馬鹿にしてくる者はいる。……特に私の後輩に酷いヤツがいてな。私の何が気に食わないのか、ことあるごとに突っかかってくるんだ」

「なんだと？」

おいおいおい、大天使であるアイリスさんを馬鹿にするとは許せねえな！　どんな野郎なんだそいつぁ⁉

思わず怒りマックスになってしまったクロウくん。つい感情が顔に出ると、アイリスさんが「私のために怒ってくれてるのか？」と微笑ましい表情になりました。

もちろんっすよ。大切な恩人ですからね。

「ふふっ、嬉しいけど気にするな。アイツは貴族の家の者だからな、まともに相手をすると面倒になるぞ？」

「そうか。ならばこっそりと仕返しすることにしよう」

「っておいおい！」

おぉーっと、俺の冗談にアイリスさんの微笑み度がマックスになりましたよー‼　やったー、笑顔可愛いー‼　アイリスしゃんだいすきー‼

「アイリス。今のは冗談だったが、もしも貴族が本気で君を害そうとしてきたなら言ってくれ。俺が絶対になんとかするからな（アイリスさん背負って逃げるとか）」

「クロウくん……！」

嬉しそうにはにかむアイリスさん。やはり彼女には笑顔が似合う。

そうして素敵な師匠サマと、再び微笑み合っていた時だ。俺は前方から何かが駆《か》けてくるのに気付いた。

ドドドドドッと響く足音。大量の土煙を上げながら、超高速で人影が迫る。

「なんだ一体……？」

よく見ればそれは、小柄な女の子だった。

アイリスさんと同じような白い軍服（※よく考えると、スカートが短めだったり肩が出たりで妙にエッチなデザイン）を着ているあたり、彼女も魔導騎士なのだろう。

銀色の髪に赤い瞳の、ものすごい美少女さんだ。


――だがその両目はガン開きになって血走り、鬼のような表情を浮かべていた……！

って、なに⁉　なんなのあの子⁉

「貴様あああああああああぁぁあッッッ！」

絶叫じみた声で少女が叫ぶ。紫色に輝く短刀を握り、俺のことを睨《にら》みつけてきた。

って俺のこと狙ってるぅ⁉

「『紫怨風刃《しおんふうじん》フラガラッハ』よッ、私に風の加護を与えなさい！」


次の瞬間、少女は鎌鼬《かまいたち》の化身となった。

背中から風を放って猛加速すると、馬車の手前まで飛ぶように駆けてきたのだ。

「おぎゃぁあああああああぁあああ死ねぇえええええ‼」

そのままユニコーンの頭を踏みつけ、俺の元へと急接近。

気付いた時には懐《ふところ》にまで入り込んでおり、もはや回避は不可能となっていた。

（えっ、俺もしかしてここで死ぬ⁉　こんな訳もわからないまま⁉）

死を前にして加速する思考。どうしてという単語が無数に脳裏を駆け巡る。あとコイツは一体誰なんだと。

まさか、知らないところでこの女の子を傷付けてしまったんだろうか？　それで俺を殺そうと？

そう思い至るも、すでに質問できるだけの時間すらなかった。

銀髪の少女の刃は、俺の腹部をぶっ刺す直前で……！

（うぎゃああああ死ぬぅーーーー⁉）

かくして俺が、恐怖で叫びそうになった――その時。

――負、感情、莫大《バクダイ》、魂！――

魔性の声が胸に響いた。

そして、俺は殺人鬼に変貌《へんぼう》する。

「――きゃッ⁉」

気付いた時には、短刀を握った少女の手を捻《ひね》り上げていた。

さらに片手で胸倉をつかみ上げ、馬車の中で引き倒す。

「いぎっ⁉」

少女が呻《うめ》くも俺の身体は容赦《ようしゃ》しない。

最後に片膝を彼女の胸に乗せて押さえつけ、空いた手で腰の刀を引き抜いた。

そのまま少女の白い喉元に、刃を振り下ろし――って⁉

（やめろ馬鹿ムラマサッ！）

全力で腕に力を込める！

すると少女の喉を貫《つらぬ》くギリギリのところで、どうにか刃が止まってくれた。

うわぁよかったぁ。ミノタウロスの魂が腹に残ってたおかげか、ムラマサも本気で俺を支配してなかったみたいだ。

おかげで殺さずに済んだわぁ。セ～フ。

「ひっ、ひ、ひぃ……！」

一瞬遅れて震え始める少女。

自分が殺される寸前だったことに気付いたのか、両目から涙がこぼれ落ちた。

っていやいやいやいや、泣きたいのはこっちだっつの。正直おしっこチビりかけたわ。

でもアイリス師匠の目の前ですからね。キリッッッとした顔で問いかけますよ。

「――貴様は何者だ。なぜ俺を殺そうとした」

「ひっ⁉」

銀髪の少女は答えない。綺麗な瞳をいっぱいに見開き、喉を震わせるばかりだ。

あと俺自身はギリギリでチビらなかったはずなのに、ちょっと変な臭いを鼻に感じた。

あっ……なんかごめんね……？

「……クロウくん。彼女を解放してやってくれ」

とそこで。アイリスさんが俺の肩をぽんぽんと叩《たた》いた。

俺に怪我《けが》がないことを確認してホッと息を吐《つ》き、「さっきの体術はすごかったぞ。よく鍛えてるんだな」と褒《ほ》めてくれた。

いやムラマサパワーなんですけどねぇ。

「さてと……」

そしてアイリスは、女の子が持っていた短刀を取り上げると……、

「――おいヴィータ。これは、一体、どういうつもりだ……⁉」

「ひぃいいいっ⁉」

これまでに見たこともない怖い目で、女の子を睨みつけた……！

って、アイリスさんめっちゃブチ切れてらっしゃるぅぅぅうう⁉

「……アイリス、この子は……？」

「ああ。彼女の名はヴィータ・フォン・カームブル。
——つい先ほど話していた、性格の最悪な後輩だよ」

第十話　脳破壊されヴィータちゃん……！

「——くすくすくすくす……！　先輩ってば、どうせ今日も野を駆《か》け回ってるんでしょうねぇ～。ワンちゃんみたぁい……！」

艶《あで》やかに響く嘲《あざけ》りの声。

この日、武闘派貴族の天才令嬢ヴィータ・フォン・カームブルは、霊壁前の街である女性を待ち構えていた。

「任務でこの辺りに来ていることは知ってるんですよォ、アイリス先輩……！」

悪意に満ちた表情で、魔導騎士『白刃《はくじん》のアイリス』を思い浮かべる。

——アイリス・ゼヒレーテ。

騎士団の中でも最強クラスの腕前を持つ女性だ。

これまでに倒してきた魔物は数知れず。怒涛《どとう》の勢いで戦い続け、二十代のうちに副団長の座にまで上り詰めた英傑である。

腕が立つだけでなく、容貌《ようぼう》も非常に麗《うるわ》しいため、民衆からは非常に慕われている人物——なのだが、しかし。

「気に食わない女ぁ、アイリス・ゼヒレーテ……！」

がじりと爪《つめ》を噛《か》むヴィータ。うら若き美貌《びぼう》が憎悪に歪《ゆが》む。

彼女にとって――武闘派貴族の大人たちにとっては、どことも知れない『野蛮人』の女など邪魔者でしかなかった。

どうしてあんな村娘風情《ふぜい》が、我らよりも強いのか。

これでは圧倒的な実力で国を支えてきた我らの『血統《ブランド》』が、見下されてしまうではないか。

このままではいけない。


『ゆえにヴィータよ。お前があの女を超えよ』


カームブル家の者たちは、幼きヴィータに徹底的な武芸教育を施した。

ヴィータは末の娘だった。一族では一番どうでもいい存在だ。

それゆえ大人たちは『壊れたらその時だ』という考えの下、地獄の修練を彼女に強要。

かくして血尿さえ出るような日々の果てに、『十三歳の最年少魔導騎士・ヴィータ』は完成したのである。

――護国のためではなく権威のために戦う、歪んだ騎士の誕生であった。

「あぁアイリス先輩アイリス先輩……！　補給でも何でもいいですから、さっさと立ち寄ってくださいよ。そして罵倒《ばとう》させてくださぁい……！」

アイリス憎しとした教育により、ヴィータも彼女を憎悪していた。

むしろその激情は大人たちよりも強いほどだ。

それゆえヴィータは入団から数カ月、ひたすらアイリスを罵《のの》り続けた。

あえて行動範囲がギリギリ被《かぶ》る任務を受け、そこで偶然に会ったふうを装い、直接的な罵倒に思われる寸前の嫌みを言い続けた。

そのたびに、汚物でも見るかのようになるアイリスの視線を思い出す。

「ふぅー、ふぅー……♡」

快感だ。熱い吐息が漏れてしまう。

悔《くや》しいはずなのに何も言えない、そんなアイリスの立場を考えると堪《たま》らない。

相手は一応副団長だが、社会的な発言力でいえばカームブル家の子女のほうが上。

他の武家の者たちも味方なため、アイリスは黙して耐えるしかないのだ。

「くひひひっ……！　これからもずぅーっと、全力で追い詰めまくってあげますからねぇ、せぇんぱい……♡」

ひたすらに嫌がらせを続け、最後には実力で上回ってやる。

その瞬間、あの金髪の女騎士は完全に壊れてしまうだろう。その様を思いっきり笑ってやりたい。

そんな未来を妄想することが、ヴィータの何よりの楽しみであった。

――こうして最悪の少女騎士が、アイリスを罵るべく街の前で六時間ほど立ち尽くしていた……その時。

「ンっ……♡　くんくん、くんくんくんっ……！♡」

鼻をヒクヒクと鳴らすヴィータ。

感じる。こちら側に向かって、あの女の匂いが近づいてくるのを感じる。

「あッ、先輩くるぅ！♡」

パァっと少女の表情が華やいだ。全身から甘い香りが溢《あふ》れる。

あぁ、今度はどんなふうに馬鹿にしてやろうか。

せっかくだからナンパされたエピソードでも語ってやろうか？　悔しいだろう悔しいだろうまだ幼いが自分はとてもモテるのだ。身長はまだ低いがお前を罵るようになってから胸回りの発育は非常によくもうFカップもあり、言い寄ってくる男は山ほどいるのだ。無論まったく相手にしないが。

それに比べてお前は浮いた話なんてないだろうアイリス当たり前だだって日々任務漬けで居場所を転々としているうえにこっそりとお前を狙っている男は全力で私が嫌がらせの限りを尽くして潰しているのだからお前は無駄に育ったJカップ（※調べた）を持て余したまま一生独身なんだよアハハハハハッ――と、そんな内容をオブラートに包んで投げつけてやろうか。

それを受けてアイリスがどんな表情をするか、楽しみで楽しみで仕方なかった。

「はやくぅっ♡　せんぱいはやくぅっ♡」

思わずぴょんぴょんと跳《は》ねてしまう。心が浮《うわ》ついて堪らない。

——そんな彼女の視線の先に、ついにアイリスの馬車が現れた。

雑木林から抜けてきた瞬間、ヴィータは「あぁッ！♡」と嬌声《きょうせい》を上げた。

そして全力で眼球に力を込め、憎き女騎士の姿をガン見してみると——そこには、

「…………はぇ？」


……馬車の中には『頬を上気させたアイリス』と、『見たこともない若い男』が、仲睦《なかむつ》まじげに微笑《ほほえ》み合う姿があった……！

「は、え？」

石のように固まるヴィータ。ふわふわとしていた思考が止まる。

明晰《めいせき》な頭脳から、何かが壊れるような音が響く。

「え、せんぱ……え……？」

徐々に近づいてくるユニコーンの馬車。

距離を詰められるにつれて、はっきりと見せつけられる。

——あのアイリスが。あの仏頂面《ぶっちょうづら》で、自分には不快げな視線しか向けないアイリスが、これまで見たこともない幸せそうな表情で、男と会話している光景を……！

「あっ」

かくして、ヴィータはブチ切れた。

「きっ――貴様ぁぁぁぁああああああぁぁぁあッッッ！」

気付いた時には駆け出していた。勝手に足が動いていた。

訳のわからない激情が胸を焦《こ》がす。ヴィータは一切躊躇《いっさいためら》わず、魔の短刀を引き抜いた。

「『紫怨風刃《しおんふうじん》フラガラッハ』よッ、私に風の加護を与えなさい！」

禍々《まがまが》しき風が背より放たれ、彼女の身体《からだ》は加速する。

ケルト神話の武装・フラガラッハ。その逸話は『風力操作』と『怨嗟《えんさ》の応酬』。

使い手の抱く憎悪によって、かの短刀はどこまでも力を発揮するのだ。

「おぎゃぁあああああああぁああああ死ねぇえええええ!!」

怨《うら》みの叫びが喉から上がった。

これまでで最大級の風力を与えられ、ヴィータは一瞬で馬車の前まで迫った。

――ああ。こんなに誰かを怨めしいと思ったのは初めてだ。

アイリスの隣にいる男。貴様は一体何なんだ？

（ふざけるなふざけるなふざけるなッ！　『白刃のアイリス』は憎らしいほどに孤高でなければならないんだ！　どんな悪意にも屈せず冷静で熱く圧倒的で最強な至上の騎士がアイリスなんだッ！

それなのに貴様はっ、あの人になんて顔をさせるんだぁああああああああ――――――!!）

大爆発する謎の激情を胸に、ついにヴィータは男の懐《ふところ》まで迫った。

さぁ、もはや回避は不可能だ。死ね死ね死ね死ね死んでしまえ。

どこの馬の骨だかは知らないが、アイリスにお前は相応《ふさわ》しくない。

彼女に並び立っていい者がいるとすれば、それは彼女に匹敵《ひってき》するような実力者のみ――――！

（消えろぉッ！）

そして、少女騎士が怨嗟の刃を突き刺さんとした――――その瞬間。

「きゃッ⁉」

不意に腕に感じる痛み。

気付いた時には、短刀を握った手を捻《ひね》り上げられていた。

（えっ、いつの間にっ、えっ⁉）

まるで時間を切り抜かれたような早業だった。

さらに男は容赦《ようしゃ》しない。片手で胸倉をつかみ上げられ、その場に強く引き倒される。

「いぎっ⁉」

またも超速。受け身さえ取ることができず、叩《たた》きつけられた衝撃で息が漏れる。

屈辱だった。最年少騎士にして天才騎士と呼ばれている自分が……すでにアイリスに迫るほどの実力を持っているはずの自分が、こうもあっさりと叩きのめされるなんて。

その腕前に圧巻するのと同時に、怒りがさらに湧き上がってくる。

（貴様貴様貴様よくもよくもわたしをよくも――――！）

ぶっ殺してやる！　ただで済ませるかこの下郎め！

嚇怒《かくど》の炎に燃えるヴィータだが――その炎はすぐさま鎮火させられることになる。

黒髪の男は彼女を膝で押さえつけると、躊躇《ちゅうちょ》なく刀を抜いたからだ。


（え）


ここでヴィータは理解した。

今、自分は殺し返されようとしているのだと。

（えっ――いや待ってまってまって!! 殺人なんてそんなやめてちょっと!?）

言葉を吐く時間すらなかった。

男の握った黒き刃が、喉に向かって振り下ろされる――！

（いっ、いやいやいやいやいちょっとぉおおおおおおおおーーーーーーーー!?）

両目の端から溢れる涙。一瞬で全身から汗が噴き、幼少期からの思い出が脳裏を駆け巡る。

逃れられない死が迫る。

（いやだあああああああああああーーーーーーーーー!!）

ヴィータが終わりを覚悟した、その刹那《せつな》。――ビタリ、と。

喉を割《さ》く直前のところで、刃が停止した。

本当にギリギリの……薄皮一枚に切っ先が触れたところで、だ。

「――ひっ、ひ、ひぃ……！」

たす、かった……。

そう認識した瞬間、身体の力が一気に抜けた。

同時に股座《またぐら》より熱も抜けていく。死ぬほど恥ずかしく思うも、止めることができなかった。

そして、

「貴様は何者だ。なぜ俺を殺そうとした」

「ひっ⁉」

男の冷たい瞳に睨《にら》まれ、ヴィータは再び恐怖に呑《の》まれる。

喋《しゃべ》ろうとしても舌が回らない。

先ほどの体験は、傲慢《ごうまん》で邪悪な彼女を黙り込ませるほど衝撃的だったのだ。

あぁ、殺される殺される殺される……このまま何も答えなかったら、今度こそ喉を貫《つらぬ》かれる……！

恐れに呑まれた彼女は、思わずアイリスのほうを見た。視線に助命の思いを込める。

このままじゃ後輩が殺されますよっ、副団長なら助けてください、と。

すると、

「……クロウくん。彼女を解放してやってくれ」

その願いが通じたように、アイリスは黒髪の男に退《ひ》くよう求めた。

どのような関係なのか、クロウという男も素直に従う。

（た、たすかった……）

今度こそ人心地ついた。

あんなに恐ろしい男は初めてだ。まったくの無表情で、完全に殺す動きをしていた。あまりにも怖すぎる。

でも、あの男がどれほどの危険人物だろうが、アイリスに保護されたなら安心だ。あーよかったよかった。

ヴィータがそう思った瞬間、

「──おいヴィータ。これは、一体、どういうつもりだ……⁉」

「ひぃいいいいっ⁉」


灼熱《しゃくねつ》の殺意が、少女を貫く……！

アイリスは本気で激怒していた。

これまでの不快げな表情ではなく、本気で『殺す』ことを考えた殺戮《さつりく》者の顔付きで、ブチ切れていた。

もはや許す気はない。運命の男を傷付けられかけた女は、ヴィータが見たこともない顔で怒り狂っていた。

かくして、一般人への魔導兵装使用・および殺人未遂により、ヴィータ・フォン・カームブルは捕縛されることになった。

「――憲兵たちよっ、この女をひっ捕らえろッ！」

『はッ――――！』

アイリスは街に入って早々、兵を呼び出してヴィータを拘束。情け容赦なく留置所に叩き込むよう指示を出した。

「うぇぇぇぇんっ、せんぱぁい……！」

連行されていくヴィータ。

泣き咽《むせ》ぶ彼女を前に、黒髪の男・クロウは思う。

(――で、あの美少女は結局なんだったんだよ⁉)

クロウは知らない。

自分が無意識にアイリスを篭絡《ろうらく》していることを。

クロウは知らない。

それにより、アイリスに対して歪んだ感情を抱えていたヴィータの脳を破壊してしまったことを。

(俺、なんか悪いことしたぁ……⁉)

キリッッッとした顔で内心戸惑いまくりなクロウ。

そんな彼の精悍《せいかん》な表情に対し、アイリスに呼ばれた憲兵たちは『殺されかけたらしいが、全く動じていないぞ……!?』『カームブル家の天才を返り討ちにしたことといい、彼は一体……！』と戦慄《せんりつ》しているが、クロウはまったく気付いていない。

こうして彼は困惑したまま、街にある『帝国魔導騎士団支部』へと向かうことになるのだった――。

【速報！】ヒロイン２号、登場――！
【続報！】ヒロイン２号、投獄――！（完）。

第十一話 超大型新人ッ、クロウくんッッッッ!!

帝都周辺を囲う『ベルリンの霊壁』。その四方には、四つの街が存在するそうだ。

――『東方都市ヤトウラ』『西方都市サンディア』『南方都市アヴェロワーニュ』『北方都市セイラム』。

それらは関所の役割を果たしており、帝都のほうに抜けるには超高額の金銭が必要とのこと。

さらにお金を払えば帝都まで直通できるわけではない。通行希望者を街にとどめ、その者の経歴や人格を数週間がかりで調査。それで合格ができなければ追い出される仕組みになっている。

そうやって悪《あ》しき者が帝都まで向かうのをブロックしているらしい（アイリス師匠が得意げに教えてくれた。かわいい）。

そんな大事な街だから、それぞれの場所には魔導騎士団の支部が存在していた。

「――ようこそクロウくん。ここが『セイラム支部』だ」

襲撃事件の後。

俺はアイリスさんに連れられ、四方の街の一つ・『北方都市セイラム』の支部に招かれていた。

彼女曰《いわ》く、『私の弟子として、支部長には顔合わせしておかないとな』とのこと。

というわけで応接室に通された俺は、ふかふかソファに座りながらアイリスが淹《い》れてくれた紅茶を啜《すす》っていた。おいしー!!

「ど、どうだクロウくん、紅茶の味は？　頑張って淹れてみたんだが、美味《おい》しいか……⁉」

「あぁ、毎日飲みたいくらいだ」

「‼‼‼‼‼‼‼‼‼‼‼」

真っ赤になるアイリスさんが可愛《かわい》い。お茶の味を褒《ほ》められたことがそんなに嬉《うれ》しかったんだな。

「ままま毎日ってきみーっ！　もうもうっ、このこのぉ！」

「ふっ……」

アイリスに肩をどつかれながら（痛い）、落ち着いた時間というのを楽しむ。

やっぱりのんびりダラダラするのが一番だなー。

（クロウくんってば平和主義だからな。もうバトルも襲撃もこりごりだよ）

できることなら堅苦しい『断罪者』ごっこもやめて、素のクロウとしてアイリスとくつろぎたいものだ。

俺ってば本当は根暗で目立つの苦手なシャイボーイですからねー。堂々とした言葉遣いもキリッッッとした表情も、やってて疲れるんだよこれ。

「それにしてもアイリス、支部長とやらは遅くないか。まぁ師弟の仲《ふたり》を深めようと思っていたから丁度《ちょうど》いいが」

「男女の仲《ふたり》を⁉」

そうしてアイリスと待ちぼうけていた――その時。

「ししし失礼するよぉッ！」

応接室のドアが乱暴に開かれた。

怒気の籠《こ》もったハスキーボイスと共に、白衣の人物が部屋に入ってきた。

その人の顔を見て驚く。肌色は死人のように青白く、目の下には黒すぎる隈《くま》が刻《きざ》まれていたからだ。

まさか、この人が支部長――じゃねえな。

（魔導騎士団の支部長ってことは、騎士の中でもすごい強い人ってなるわけだろ？　この人めっちゃ雑魚《ざこ》そうだし）

たぶん、支部長どころか騎士ですらないヒラ研究者かなにかだろう。

だってコイツ軍服すら着ていないし、顔は不健康まっしぐらだ。体形もヒョロっとしてて背も低いし。

それに髪を整える時間もないのか、白髪交じりの茶色い髪はボサボサだ。大丈夫かよ。

（歳《とし》は十代後半くらいかな。こりゃお偉いさんって線はないな）

あと性別どっちだ、この人？

「きききききっ、キミがクロウだねッ⁉　澄ましたツラしやがってこの野郎！」

いきなり怒鳴られた。マジでなんだこの人。

思わず首を捻《ひね》る俺に対し、「むきーっ！」とさらに怒気を強くする白衣さん。

彼（？）は机に身を乗り出すと、俺に顔を近づけてこう叫んできた。

「今すぐっ！　即刻にッ、ヴィータ嬢に対する被害届を、取り消したまえええぇぇえぇえッ！」


――は？　という言葉が、俺とアイリスの口から同時に漏れた。

今、この人はなんて言った？

あのヴィータって子に対する被害届を取り下げろと？

いきなりぶっ殺そうとしてきた相手を無罪にしろと？

あまりの彼（？）の発言に、アイリスが鬼の表情で立ち上がる。

「おいヒュプノッ、それはどういう意味だ!?　クロウくんは殺されかけたのだぞ！」

「た、助かったのだからいいじゃないか！　それよりもわかってるのかアイリスっ、彼女はカームブル侯爵家の娘だぞ!?　有力な騎士を多数輩出しているだけでなく、魔導兵装の研究費用も多額に出してくれているんだ！　なのに僕のいる街で娘さんを犯罪者にしてしまったら、費用が打ち切りに……！」

「なっ、それであの一件をなかったことにしろと　ふざけるなぁ！」

ブチブチに切れるアイリスさん。あまりの怒りに机を殴り割った。こわい。

（なるほど、このヒラ研究員はヒュプノさんっていうのか。にしても生々しい理由だなぁ～……）

ふむふむと思考する。アイリスが怒ってくれたおかげで少し冷静になれた。

――要するに、スポンサーの娘さんだから許してやってくださいお願いしますってことか。

事情はわかるが勝手すぎる言い分だなぁオイ。

「ぐぅぅぅぅうっ！　無論ヴィータ嬢は教育させるし、カームブル家と裏取引して賠償金もせしめてきてやるさっ！

だからクロウとやらっ、アレは何かの勘違いだったということにしたまえ！　キミだってお金欲しいだろう⁉　なっ⁉」

血走った目で迫ってくるヒュプノ。堂々と裏取引とか言っちゃってるよこの人。

（ふむ……これは違和感があるぞ。魔導騎士といえば、大昔から魔物と戦ってきた集団。いわば正義の守護者たちだ。そんな者たちの集まりに、こんなわかりやすく腐敗した人間がいるとは思えない。それに、あのヴィータって子が貴族の子女であるならば、俺を殺しに来た一件はおかしすぎる）

貴族の子供。つまりは家の名誉を背負ってるってわけだぞ？

そんな子がそう簡単に犯罪を起こすか。そもそも恨《うら》まれることをした覚えがないし。

（最後に、なかなかやってこない支部長の存在。これは……もしや⁉）

その瞬間、『空気読み検定1級』（※自己判定）（※所持者俺のみ）（※常に場の空気と周囲の顔色を窺《うかが》ってきた悲しい人生）の俺は、全てを理解した――！

あぁまったくっ、そういうことだったか！

（もしかして俺、支部長に試されてるんじゃないか――!?）


それが、俺の出した結論だった！

そう、全部仕組まれたことだったんだよ――！

（まずヴィータちゃんに俺を襲わせ、咄嗟《とっさ》の対応力をチェックしたんだ）

黒魔導士や魔物たちは狡猾《こうかつ》だからな。いきなり襲ってくることなんて日常茶飯事だろう。

だからヴィータちゃんを差し向けたわけだな。きっと俺が対処できなかったら寸止めする予定だったのだろう。

ちなみにアイリスさんは知らないっぽいな。反応が自然すぎるし、きっとこのテストに本物感を与えるためにあえて教えなかったんだな。

（そして次に、目の前で唸《うな》ってるヒュプノさんとやら。この人にどう答えるかで、俺の『正義感』を試そうってわけか）

金欲しさに『ヴィータちゃんを許しまぁす！』なんて言おうものなら大失格だ。

じゃあ『ふざけるな腐れ野郎！』ってブン殴るのが正解か？

（ふむ……それはたしかに男らしい選択だ。だが、それだけじゃいけない）

俺はとてつもなく冷静だった。

現実は知らんが、このテストの『設定』ではカームブル家とやらが一番のクズということになっているとことに気付く。

だってそうだろ？　もしもそいつらがまともなら、ヴィータちゃんが問題を起こしたところでヒュプノさんが『研究費が打ち切りに～！』なんて心配するわけがない。そんなのは腹いせじゃないか。

「なぁなぁお金は素敵だろうクロウ⁉　頑張って一年は遊んで暮らせるだけの賠償金をせしめてくるから！

だからなかったことにしよう⁉　キミがヴィータ嬢を許してくれれば僕もキミもハッピーになるんだ！　さぁほら恨みなんて忘れて未来に生きよう⁉　憎しみは何も生まないよ⁉」

（なるほどな――これは『罠《わな》』だ！　このわかりやすいほどドブカスに腐ったヒュプノさんは、悪ではなくて『悪によって歪《ゆが》められた者』なんだ！

いわばこの人も被害者っ、救わなきゃいけない存在なんだ――！）

「ちょっ、ねぇキミ聞いてる⁉」

俺は真理に到達した――！

魔導騎士とは、強力な魔導兵装の所持を許された存在。

ゆえに裁く対象はよく見極めなければいけないんだ。

真の悪とはなにか――それをこのドブカスの演技をしたヒュプノさんから読み取れってことだったんだ。

やってくれるぜ、支部長。ならば答えは簡単だ。

「おい聞けよ！　無視するなよぉっ!?」

胸倉をつかんでくるヒュプノさん。相手にされていないと思ったのか、涙目で迫ってくる（すごい演技力だ）。

そんな彼（？）への対応は一つだった。

（さぁ、俺も役に成りきってやろうじゃないか。得意の『断罪者』キャラになぁ！）

俺は、『当たった瞬間に力を抜くことで、大きな音がしつつもあまり痛まない』ことを意識し
――パァンッ！


「なっ……え？　えっ!?」


ヒュプノさんの頬を、思いっきりビンタした……！

そしてッ、

「落ち着けヒュプノ。『正義』とは何か、思い出せ――――！」


――戸惑うヒュプノの細い身体《からだ》を、力強く抱き締めた……っ！

「なぁ!?」

「クロウくんっ!?」

動揺するヒュプノと、裏返った声で叫ぶアイリスさん。

後者はひとまず置いといて……俺はヒュプノに語りかける。

「俺はお前を怒ってなどいない。……苦しかったんだよな、ヒュプノ」

「っ⁉」

か細い肩がビクッと震えた。

俺は言葉を続ける。彼の耳元で、心の奥底を慰めるような、甘く優しい声を意識し。

「言動からよくわかったさ。貴族たちの機嫌を損ねないよう、これまで必死に立ち回ってきたんだろう？

時には屈辱的な要求を呑《の》むこともあったはずだ。甘い蜜を無理やり吸わされ、逆らえなくされたこともあったんじゃないか？」

「そ、それはっ……」

否定の言葉は出ない。やはりそういう『設定』だったか。

（彼も正義の騎士団関係者であれば、最初から腐っていたなんてことはないはずだ。組織の中で立ち回るうちに、少しずつ汚れてしまった――という設定なのだろう）

そうして捻くれたキャラなんだ。ちょっとした言葉くらいじゃ、まだ改心には至らないはず。

俺の予想だと、次にこの人は怒りで顔を真っ赤にして……、

「っ――わかったようなクチを叩《たた》くなよッ！」

ほら怒った。読めてたぜ。

そして同じく予想通り、俺を突き飛ばすようにしてホールド状態から脱出した。

いいぞ、あえて丁度よく抱き締める力を緩めてやった。存分に語ってくれヒュプノさん。

「くそっ、理解者ヅラしやがって。……あぁそうだよ、僕は貴族の犬さ！

最初に貴族のガキの罪を揉《も》み消してから二十年、今じゃぁ正義の騎士とは懸け離れた存在だよ！

それくらいわかってるさッ！」

えっ、二十年⁉　仕事始めてからそれくらいは経《た》ったってこと⁉

この人どう見ても十代後半の男子か女子だろ。どういうキャラ設定してんだよ。

うーん……まぁたぶんセリフ間違いか。本当は二年って言おうとしたんだな、スルーしよ。

「でもねッ、汚れた立ち回りをすることで手に入るものは山ほどあるんだ！

だからキミもさぁクロウ、賢くなりなよぉ！　正義漢ぶってないでヴィータ嬢を許すって言えよ！　そうしたら金が」

「わかった」

「手に入って……えッ⁉」

自分で言っておきながら、ヒュプノさんは信じられないモノを見る目をした。

アイリスさんも「なんでっ⁉」と表情を歪めながら叫ぶ。


――おっと、二人とも勘違いしないでくれよ？

「ヴィータという少女のことは許そう。さっさと釈放の手続きをするがいい」

「っ、ふはっ、ふははははっ！　なんだぁ話がわかるじゃないかクロウ！　よし決まりだっ、では金の話を……」

「金は要らん」

「えっ」

再びヒュプノは困惑した。俺はすかさず言葉を続ける。

「金欲しさにあの子を許すのではない。……なぁヒュプノよ、カームブル家というのはよほど腐っているのだろう？

そんな家の者たちが、子供に対してまともな教育を施すと思うか？」

「そっ、それは……否《いな》だ。実際、あのヴィータ嬢はかなり歪んだ教育を受けてきたと聞く……」

「だろうな。――ならばこそ、俺はあの子を全力で許そう。彼女のような子供こそ、守るべき国の宝なのだから」

「ッ……⁉」

ヒュプノが大きくたじろいだ。一瞬、眩《まぶ》しいものを見るように目が細められる。

もうこの人が突っかかってくることはないだろう。だって『ヴィータが罪に問われることで、この支部への出資がなくなる』って展開は回避できたんだからな。

未来を守るために無茶苦茶を言う必要はなくなり――ここからは、ちゃんと向き合った言葉で話してくれるはずだ。

「こっ……子供だからって、自分を殺そうとしてきた相手を……そんなふうに庇《かば》うなんて……」

「おかしいか？」

「おかしいよ。……理不尽なことを言う僕に対し、声を荒らげず、事情を汲《く》み取ってくれたことといい……キミは変だ。変なくらいに、イイヤツだ」

憂《うれ》いを帯びていくハスキーボイス。

彼の瞳の奥底に、自己嫌悪の思いが浮かぶ。

「ああ……キミはお優しい人だねぇ、クロウ。まるで物語の騎士みたいだよ。騎士馬鹿すぎて婚期逃したアイリスの隠し弟子っていうのも頷《うなず》ける」

「って誰が騎士馬鹿だ⁉」

突然の罵倒《ばとう》にキレるアイリスさん。

しかしヒュプノは相手にせず、まっすぐに俺を見つめていた。

「くっ、チクショォ……！」

隈の刻まれた目元が濡《ぬ》れる。

やがて彼は、吐き出すように叫び始めた。

「僕は、キミみたいには生きられなかったっ！　そしてこれからもカームブル家の犬であり続けるだろう！」

「そうか」

「仕方ないじゃないかっ、立場があるんだ！　それに、まだ年若いヴィータ嬢と違って、僕はあまりにも汚れすぎた！」

「……そうか」

「そうなんだよッ！　だから今さら何を言われたって、僕は犬として生きるしかないんだよっ！　僕はもう、このまま腐っていくしか……ッ」

「そんなことはないッ！」

揺らぐ声音をピシャリと遮《さえぎ》る。

そして、彼の顎《あご》を指で持ち上げて顔を近づけた。ヒュプノが「ふぁっ⁉」と動揺する（なぜかアイリスさんも「ほわぁーっ⁉」という声を出した）。

ふふふ……俺の仏頂面《ぶっちょうづら》を至近距離で見るのは怖いだろう？

だからこそ、言葉がよく耳に入るはずだ。

「犬のままで構わない。しかし腐るな。正義の心を忘れるな。悟《さと》られないよう『牙《きば》』を研《と》げ」

「き、牙……？」

「ああ。カームブル家からもらった金で技術を磨け。権威を高めろ。有力な仲間を集め、いつか成り上がってやればいい。

カームブル家にへつらわなければ生きられない犬ではなく、逆に連中を潰せるような存在にな」

「はぁ⁉　そんな簡単に……っ！」

「逆転の足がかりはある。――あのヴィータという子だ。

ヒュプノよ。これからお前が全力で、彼女をまともに導け。これまで悪を働いてきた分、命を懸けてあの子を正義の騎士に変えてやれ」

それが成功した時、どうなると思う？

答えは明白だ。

「彼女が正義に目覚めた時、きっと彼女は家の悪事を告発せんと動くだろう。

内部抗争の始まりだ。そうすれば必然的に、カームブル家の力は衰退していく」

「っ、こちらは権威を高め、逆に向こうを弱らせてしまえばいいというわけか……！」

「そういうことだ。あとは高めた発言力を使い、ヴィータに加勢してやれ。それにて『巨悪』は断罪される」

「〜〜〜っ⁉」

ヒュプノは身体を震わせた。彼は唇を歪めると、一瞬遅れて腹を抱えて大笑いする。

「ふはっ、ふはははははっ！　なんだいキミはっ⁉　優しいだけの男かと思いきや、家の潰し方を提示してきやがって！　ていうかそれ、最終的にカームブル家とずっぷりだった僕も裁かれるんじゃないかい⁉」

「まぁそうなるな。だが、告発に加担したなら減刑はされるはずだろう。

それにお前は研究者なのだろう？　技術さえあれば、一からやり直せるはずだ」

「あぁ、確かにね！」

ドレススカートのように白衣を振り乱しながら、ヒュプノは笑って笑い続ける。

――いつしか、腐った雰囲気は薄らいでいた。

淀《よど》んでいた目の奥に、ほのかな光が蘇《よみがえ》っていく。

（すごい演技力だなー。まぁ、ここまですれば俺ってば合格だろ。どっかで見てる支部長さん、もう気を抜いてオッケーすよね？）

まだ見ぬ彼（？）に語りかける。

こんなドッキリまがいのテストを仕掛けてきたのは、俺が『アイリスの弟子』だからだろう。

（世の中には不思議な魔導兵装がいっぱいあるからな。千年前で言う盗聴器みたいなのを使って、俺と彼女の関係を調べたか）

馬車にでも取り付けられていたんだな。

もしかしたら嘘《うそ》の関係であることさえもバレてるかもだ。

それでもまだ見ぬ支部長は、俺を魔導兵装の無許可使用で裁かず、試す機会を与えてくれた。

大天使アイリスさんの弟子たる資格があるか、俺を見てくれたんだ。

（ありがとうございます、支部長さん！）

彼（？）に感謝しつつ、この寸劇も終わらせることにする。

ああ、『実はテストに気付いてましたよー』って発言もしておくか。推察力アピールになるからな。

「ではヒュプノ。ヴィータに言っておいてくれ、『襲撃の演技ご苦労。おかげでいい訓練になった』と」

「ふはっ、演技って！　あぁなるほど、訓練だったたって理由で無罪にしておけばいいんだね？」

おっと、ヒュプノさんってばまだ演技を続けてらっしゃる。

ええ、もういいじゃないっすかー。もう気を抜いて仲良くやりましょうよ？　支部長さんも出てきていいっすよー？

そう思っていた俺に――アイリスさんは、誇らしげな表情でこう言ってきた。

「ふふんっ、流石《さすが》は私のクロウくんだ！　あの腐りきっていた『ヒュプノ支部長』に、再び光を与えるなんて！」

え――支部長？　えっ⁉︎⁉︎⁉︎

訳のわからない発言に戸惑う俺に、ヒュプノは頬を赤くしながら笑いかけてきた。

そして、

「悪に堕《お》ちていくだけの人生だと思っていたのに、最高に気持ちよさそうな夢を与えてくれやがって……！

気に入ったよ、クロウくん。セイラムの支部長として、全力でキミを騎士に推薦しようっ！」

って、えええええええええええ⁉︎　この人が支部長だったの⁉︎

じゃあ今までのやり取りは、もしかしてテストじゃなくてマジなやつだった⁉︎

こ、これこそドッキリだろぉおおーーーー⁉︎

【悲報】大型新人クロウくん、出会って2分で支部長をビンタした上に貴族一門の壊滅を提案してしまう――！【そして伝説へ！】

第十二話　正義への道（提案者寝逃げ）

「――うぐっ、ぐじゅっ、どうしてこんなことにぃ……！」

薄汚れた留置場の一室にて。銀髪の少女・ヴィータは泣きながら座り込んでいた。

もはや今の彼女は騎士ではない。危険で愚かな犯罪者だ。

罪状は一般人への殺害未遂。しかも、魔導兵装を使った形でだ。どうあがいても重罪だった。

「私、なんであんなことを……」

何千回と自問自答を繰り返す。

だが、どれだけ頭を抱えようと答えは出なかった。

アイリスの隣に男がいるのが見えた瞬間、どうしようもなく頭が沸騰《ふっとう》してしまったのだ。

〝名誉も、家も、関係ない。今すぐにアノオトコヲ消シ去ラナケレバ――！〟

〝アイリスの隣にいていいのは、武力も人格も頂点に達した、一握りの英傑だけなのだ……！〟

そんな狂おしい激情が、ヴィータの理性を吹き飛ばした。

そして気付けば刃を握り、過去最高の力を以《も》って男を襲ったのだが――、

「くっ……あのクロウという男め。この私に、ああもあっさりと勝つなんて……！」

一瞬にしてヴィータは負けた。

虐待《ぎゃくたい》じみた教育により、騎士団でも最上位の力を有していると自負していた少女は、あっけなく蹴散らされた。

「うぅ、クロウぅ……！」

できることなら、もう一度挑んでやりたかった。

あぁ、アイリスに負けたのならまだ納得できる。

彼女は国家最強クラスの実力者。十代のうちに『一級騎士』となり、白刃《はくじん》の二つ名を与えられた大天才だ。

カームブル家の大人たちが自身で超えるのを諦《あきら》めたほどの相手なのだ。彼女にならば敗北しても仕方がない。

だが、あんなどこの馬の骨とも知れない男に負けるなんて許せない。

いつか必ず再戦してやる。あの冷血じみた顔面を歪《ゆが》めさせ、「参りました」と言わせてやる。

そうヴィータは息巻くが――……しかし。

「はっ、はは……そんないつかは、訪れませんよねぇ……。

今回の一件で私はおしまい。犯罪者になった者に、もう魔導兵装は与えられない……！」

聡明《そうめい》な頭脳が妄執を掻《か》き消す。

彼女にはよくわかっていた。もう、自分には未来がないことを。

（ちょっとしたトラブル程度なら、ヒュプノ支部長が揉《も》み消してくれるでしょう。あの人はカームブル家の犬ですからね。

だけど今回の一件は、あまりにも事が大きすぎる……！）

兵装による殺人未遂だけでも重罪。

それに加え、自分は『魔導騎士団・副団長』アイリスの関係者に手を出してしまった。

これはもう駄目だ。いくらヒュプノが奔走《ほんそう》しようが、アイリスが絶対に許さないだろう。

（もしも……もしもあのクロウって人が、『あの一件はすべて勘違いでした』、なーんて言わない限り……）

そう考えたところで、ヴィータは自嘲気味《じちょうぎみ》に頭を振った。

──そんな展開はありえない。

どこに自身を殺そうとした相手を庇《かば》う者がいるものか。

「あははっ……わたし、おしまいだぁ……！」

膝に顔を埋《うず》めるヴィータ。自分の愚かさに死にたくなる。

かくして少女が、未来に絶望していた──その時。


「釈放だよ、ヴィータ嬢」


ハスキーボイスが耳へと響いた。

ハッと顔を上げれば、いつしか鉄格子の前には、カームブル家の犬・ヒュプノが立っていた。

「なっ、ヒュプノさん……って⁉」

そこで彼女は瞳を見開く。

目の前に立っているのは、たしかにヒュプノのはずだが……その見た目が、あまりにも小綺麗《こぎれい》になっているからだ。

一瞬、ヒュプノ似の別の美少女か美少年に見えてしまったほどだ。顔色は死体の色からただの色白に改善し、目元の隈《くま》もほとんど消え失《う》せていた。纏《まと》う衣服もきちんと洗われていることがわかる。

「アナタ、一体なにが……って、釈放⁉」

「あぁ、さっさと出たまえ」

……何かの冗談かと思った。

しかしヒュプノは手にした鍵で、本当に牢《ろう》の扉を開けてしまったのだ。

ゆっくりと歩み寄るヒュプノ。へたれ込んでいるヴィータの元まで来ると、だぶついた白衣の袖元より細い手を伸ばした。

「さ、おいで」

ヴィータはそれをまじまじと見ながら、改めて問い質《ただ》す。

「あの、釈放ってどういうことですか……⁉　アナタ、一体どんな手を⁉」

「別に何もしていないよ。キミが殺そうとした男……クロウくんがね、『あれは訓練だったことにしてくれ』って言って、被害届を取り下げたんだ」

「はぁ⁉」

ありえない――何を言っているのか意味がわからない。

どこに、自分を殺そうとした者を許すヤツがいる？

そんなお人よしの存在なんて、家の者は教えてくれなかった。

カームブル家の者たちは、『人は誰もが利己的だ。血族以外は野犬と同義と思うがいい』とヴィータに教え込んできた。

ゆえに、信じられるわけがない。

「あはっ――なるほどぉ」

ヴィータは自分の力で立ち上がると、悪意を舌鋒《ぜっぽう》に込めて放つ。

「ぁはっ、あはははは！　いやですねぇヒュプノさんっ、どうせお金を握らせたんでしょう⁉　それであの男は屈したんでしょう！　変な冗談やめてくださいよー‼」

そうだ、そうに決まってる。

彼女は自分に言い聞かせるようにクロウをなじる。

「あぁもしかして美女でも当てがったんですかァ⁉　あの堅物なアイリス先輩に手を出すような男ですからねぇ、見た目がよければ誰でも抱いちゃう脳みそ性欲野郎なんでしょうっ！　そうですよ、どうせアイツもアナタと同じクズでッ」

「黙れ」

「っ⁉」

ヴィータの罵声《ばせい》は遮《さえぎ》られた。

今まで聞いたことがない——明確な怒気の込められた一言によって。

（こいつ……カームブル家の奴隷《どれい》のくせに……っ！）

かの家の子女に対する言葉ではなかった。

まさかこの腐った犬は、あの男を馬鹿にされたことを怒っているのか？

そんなのは自分の知るヒュプノじゃない。

（たまに屋敷に出入りしては、大人たちへと媚《こ》びへつらって便宜《べんぎ》を図ってもらっていた寄生虫。正義感なんてとっくに腐れ堕《お》ちた犬……それが私の知るこの人だったのに……）

使用人モドキのクズだったはずだ。

ヴィータはますます訳がわからなくなった。

「ヴィータ嬢。クロウくんはね、キミが『子供だから』という理由で、無償で許すと決めてくれたんだ。そんな彼を馬鹿にしちゃ駄目だよ」

「こ、子供だからって……自分を殺そうとした相手を……？　嘘《うそ》……」

「嘘だと思うだろう？　でも本当のことさ」

そこで少女はハッと気付く。

小汚かった犬の姿が一新されていることに加え、腐り果てていたはずの両目にほのかな光が宿っていることに。

さらに口元には優しい微笑が。

……ヒュプノのこんな表情、見たことがなかった。

――ゆえに、

「ヒュプノさん、一体何があったんです……？　あの男と……クロウさんと、何を話したんです？」

今まで興味のなかった犬に、そんな質問をしてしまっていた。

あの男がヒュプノに何をし、何をもたらしたのか。

それを無性に知りたかった。

「ふふっ、そう言ってくれると思って人払いは済ませてある。いいよ、聞かせてあげるね」

そして、ヒュプノはゆっくりと語り出す。

十代後半にしか見えない美貌《びぼう》に、恋する乙女のような表情を浮かべながら――。


「彼は最初にこう言ったよ。『正義とは何か、思い出せ』ってね」

そこから紡《つむ》がれる話の数々は、ヴィータにはとても信じられないものばかりだった。

腐りきっていたヒュプノに対し、躊躇《ためら》いもなくビンタをかましたこと。

ヒュプノの座は支部長。社会的に見ればそれなりの大人物であるのに、彼の目にはまったく恐れがなかったこと。

さらにクロウは激昂《げっこう》しているわけではなく、慰めるようにヒュプノを抱き締め、全ての事情を汲《く》んでくれたこと。

ヴィータを守るべき存在として許し、カームブル家の汚い金は決して受け取らなかったこと。

犬の立場から抜け出せないヒュプノに、ならば犬のまま牙《きば》を研《と》げと一喝してくれたこと。


そして。


「なっ――私をまともな騎士に育て上げ、カームブル家を内から叩《たた》けと……⁉」

ヴィータは思わず震え上がった。

あの男、出会ったばかりのヒュプノになんて計画を持ち掛けているのか。

恐ろしい。命知らずだ。あまりにも愚かだ。

「ああ。彼は僕にそう言った。あの目は完全に本気だったよ」

「何を馬鹿なことをっ！」

そんな考えが家の者にバレたら、ヒュプノだけでなくあの男も粛清決定だ。

すぐにカームブル家の英傑たちが差し向けられ、死闘となるに決まっている。

（クロウという男は、それを承知で言ったんですか⁉　なんて命知らずな……！）

――腐敗した富裕層などいつの時代にもいるものだ。平民ならば放っておけばそれでいいのに、
愚かすぎる――！

ヴィータの中でクロウに対する罵倒《ばとう》が渦巻いた。


でも。

「『格好いい』だろう……⁉　クロウくんは正義と確かな計画を以って、武家一門を断罪しようって持ち掛けてきたんだ……！　こんなのすごく、燃えるじゃないかっ！」

「っ――――！」

それはまるで、騎士物語のよう。

剣一本で駆《か》け出した辺境の騎士が、勇気と正義を心に燃やし、仲間を集め、強大な悪者たちに挑みかかるストーリー。

そんなあまりにもチープで――しかし熱くなる物語が、クロウを主演にヴィータの中で描かれた。

「って……それ、私に話していいんですか？」

「よくないねぇ。キミにバラされたら終わりだよ」

「はぁ⁉」

素《す》っ頓狂《とんきょう》な声を上げるヴィータ。一瞬コイツはトチ狂ったのかと戸惑う。

しかしヒュプノはどこまでも真剣だった。少女の両肩に白い手を置く。

隈さえなければ男女問わず魅了するような美貌を、ヴィータの眼前に近づける。

「ヒュ、ヒュプノさん……っ⁉」

「いいかいヴィータ。これが、僕の覚悟の示し方だ。

僕はクロウくんのおかげで、また正義の道に生きてみようという気になった。キミを『命懸けでまともにしろ』と仰せつかった。ならば本当に、キミに命を預けてやろう。腐った自分と決別するためにもね」

炎を宿したヒュプノの瞳。

その熱意を前にヴィータは思い出す。

（身体《からだ》を壊し、引退を余儀なくされた大英雄……『鈍壊《どんかい》のヒュプノ』……！）

二十年以上前、今や腐りきってしまったこの人物が、かつては苛烈《かれつ》なる正義の騎士だった事実を。


「さぁヴィータ。キミがクソみたいな実家に僕のことを告発すれば終わりだよ。

……ってよく考えたらクロウくんも終わっちゃうか。まぁ、彼なら覚悟はしてるだろうしいいよね。

それでどうするんだい？」

「え、えっ⁉」

「どうするかって聞いてるんだよ。

――このまま悪《あ》しき家の奴隷として過ごし、僕のように腐っていくか。

――それとも正義の騎士を目指し、僕と共に光を目指すか」

「なっ……」

幼き少女には、とてもじゃないが決められなかった。

これできっぱりと後者が選べたらよかった。

だが、幼少期よりカームブル家で受けてきた教育の数々が、家に敵対することを拒《こば》んだ。

鞭《むち》の痛みが全身に蘇《よみがえ》る。

「わたし、は……」

声が震える。自分が情けなくなってくる。

——もしもあのクロウという男なら、迷うことなく光の道を選んだだろうに。

それに比べては私は……と、ヴィータは呆然《ぼうぜん》と立ち尽くした。自然と涙が溢《あふ》れてきた。


そんな彼女を、ヒュプノは優しく抱き締める。

「いいんだよ、ヴィータ。今はそれで充分さ」

よしよしと頭が撫《な》でられた。

——思えば大人にこんなことをしてもらうのは初めてだった。

「じゅ、じゅう、ぶん……？」

「ああ。キミはちゃんと葛藤《かっとう》してくれた。後者を選べない自分を恥じ、涙まで流してくれた。……キミが完全に家の奴隷と化していたら、迷うことすらしなかっただろうに」

「っ——⁉」

ハッと瞳を見開くヴィータ。

あぁそうだ。今、自分はちゃんと迷うことができていた。

決定の先延ばしもまた決定の一つ。この日初めて、ヴィータはカームブル家の悪意に逆らってみせたのだ。

その偉業を成し遂げた彼女に、ヒュプノは心からの笑顔を向ける。

「おめでとう。そしてありがとう、ヴィータ。キミのおかげで死なずに済んだよ。流石《さすが》にカームブル家と正面切って戦うのは分が悪いからね～」

「えぇ……怖い家ですよ、私の実家は。叩き潰すのに私なんて役に立たないかもですよ？」

「今はそうかもねぇ。でも騎士としてのランクを上げれば、キミの発言力も大きくなる。その時一言『カームブル家はゴミクズです』って言ってくれるだけで、向こうをだいぶ混乱させられると思うよ？」

「っ、怖くてそんなこと言えません！」

「そこは僕が教育するさ。キミに勇気を付けてみせる。だからヴィータ。これからは一緒に光を目指そう？」

ヒュプノは抱き締めていた腕を解くと、再びヴィータに手を差し伸べた。

それを見た彼女は、迷いながらもしっかりと手を取ってみせた。

「ふんっ……ちゃんと教育してくれないと、家に密告しちゃいますからね？　あと、アイリス先輩を超えようって目標は変わりませんから。あのメチャクソデカ乳最強女、家に倒せと言われる以前から女として気に食わないんですよ。これからも修行しまくって私が最強になってやりますし～！」

「ふははっ、それでいいよ！　キミが強くなって家のトップにでもなってくれれば、それで全部解決するからねー」

――かくして、盟約は結ばれるのだった。

悪に堕《お》ちるだけだった二人は、ある男をきっかけに、まったく別の人生を歩み出す。

それが吉と出るかはわからない。もしかしたら破滅への旅路かもしれない。

だが、

「ふふっ……」

「ふはっ……！」

二人は朗《ほが》らかに笑い合っていた。

共にしがらみからの脱却を目指し、心からの笑みを交わし合う。

こうしてカームブル家は、クロウの存在により徐々に権威を揺るがされていくことになるのだった。


――なお。

（ああああああああああああああどうしよぉおおおおおおおーーーーーーーーー⁉　寸劇だと思い込んでいてっ、俺ってば貴族一家をブッつぶそー発言をしちゃったよ！　ぎゃあああああああ⁉）

同時刻。クロウは宿のベッドの中で悶《もだ》え苦しんでいた……！

そう。全ては『まだ見ぬ支部長が仕掛けたドッキリ』だと思い込んでいたからこその言動だったのだ。

大変なことになっちまったぁぁぁああと今更ながら混乱する。

だが、実は勘違いでした――なんて言うことができず、

（……そうだ、これは夢なんだ！　寝て起きたら全部なかったことになってるんだぁッ！　というわけでオヤスミーッ！）

……かくしてクロウは、とんでもないことを言っておきながら現実逃避を敢行。
半ば気合いで意識を落とし、寝息を立て始めてしまったのだった。最悪である。

クロウ「寝逃げでリセット！」

※できませんでした。

第十三話

～俺たちの戦いは、これからだ！～

「うえ～ん……！」

とんでもないことを言ってしまった翌日。

俺は街の近くの雑木林で魔物をスパスパ狩っていた（※正確にはムラマサに狩らされていた）。

「うえ～ん、うえぇ～ん……！」

『ゴブギャーッ!?』

ゴブリンやらを自動で斬《き》りながら考える。俺はこれからどうしたらいいんだろうと。

「はぁぁ……やっちゃったよ。あのヒュプノって人、俺のカームブル家やっつけちゃえ発言に完全にやる気になってたよ……。聞き逃してくれたらよかったのにさぁ……」

悔《くや》めども悔めども後悔が止まらない。

聞けばカームブル家は侯爵の位らしい。貴族の中でもめっちゃ上やんけ。

もしもこの先ヒュプノさんが反逆にトチって、『実はクロウとかいうアホにそそのかされました！』とかチクられてみろ。クロウくんはおしまいですよ……！

しかも、

「あの危ない子、ヴィータって子のことも解放するよう言っちゃったしなぁ……」

そっちのほうも気がかりだ。

結局ドッキリじゃなかった以上、あの子が俺を襲ってきた理由は不明なままだ。

それなのに俺ってば、『彼女を許そう。子は守るべき国の宝だ――！（キリリッ！）』とか言っちゃって、もうアホアホ！

しかもヴィータちゃん、俺のせいで一回留置場送りになってるわけだしね。こりゃーさらに恨《うら》みマシマシになってること間違いなしだ。

こうしてる間にも、包丁《ほうちょう》とか研《と》いだり、俺をぶっ殺す作戦でも立ててるんじゃないの⁉

はぁまったく……。


「ヴィータ……今頃どうしているのか……」

そう呟《つぶや》いた、ちょうどその時。


「っ――⁉　クロウさん、私のことを心配してくれてるんですか……⁉」

足音と共に、茂みから誰かが近寄ってきた。

その幼き美貌《びぼう》を見た瞬間、思わず飛び上がりそうになる。

「キミは、ヴィータ……！」

「は、はいどうも。ヴィータです……！」

噂《うわさ》をすればなんとやら。

昨日俺をブッ殺しかけた、銀髪少女が現れた……！

ひえええええ殺されるぅ～～～～～!?　ムラマサさん助けて！

――魂　完食　眠……――

（ってちょうどよく腹いっぱいになってんじゃねーよ!?　そして食べてすぐに寝るなァッ！）

おい起きろこの野郎ッと魂を通して訴えるが、バチッという弾《はじ》かれる感覚と共に話しかけることができなくなってしまった。

ええ～～対話拒否しやがったよコイツ!?　マジで横暴すぎだろぉ!?

（ど、どうすりゃええねん……）

――こうして俺は、クソザコ状態のままヴィータと対峙《たいじ》することになってしまったのだった。

こ、こうなりゃ自分の力で切り抜けるしかと、身構えようとした瞬間、

「きっ、昨日は誠に申し訳ありませんでしたぁーっ！」

ヴィータちゃんは姿勢を正すと、勢いよく頭を下げてきた――！

思わぬ行動に目を丸くしてしまう。えっ、えっ、なんか普通に謝ってきた!?

「正直に言います。昨日の私はどうかしていました……完全にクロウさんのことを殺すつもりでした……！」

あぁやっぱり!?　演技とかじゃなくて、ムラマサが対処してくれなかったら本気で殺す気だった

のね！　ひええ！

「うぅ、ですがクロウさんは……こんな私のことを許してくれて……しかも、心配までしてくれていて……！」

「それは……」

ってそれは違うよヴィータちゃん⁉

演技か何かと思ってたから許すって言っちゃっただけだし、あとさっきの発言もキミのことを心配してたわけじゃないからね⁉

キミがどんなふうに襲ってくるかビビッてただけだからね⁉

それと犯行理由も『どうかしてました』の一言で済ますんじゃねーよっ！　もっと自己分析しろオラァ！　あと賠償金プリーズ！


……なんてことをビビリな俺が言えるわけもなく……、

「――フッ、元気そうで良かった。本当に心配していたぞ、ヴィータ」

「っ、クロウさん……！」

キリッとした顔に微笑を浮かべ、俺は彼女を案じていたフリをするのだった……！

年下の子にも怒れない俺、情けねぇ～……！

「フフ……クロウさんって、お強い上にすっごく優しいんですね……。私ってば、そんな人になんてことを……」

「気にしないでくれ、済んだ話だ（強くも優しくもねーよ！　全部ハリボテだよ！　あとマジで反省しろよお前⁉）」

心の中ではキレつつも、どうにか落ち着いたキャラを保つ。

……まぁ何にせよ表面上は仲直りだ。ひとまず安心安心っと。


「うふふ……クロウさん……♡」

「っ⁉」


――今一瞬だけ、ヴィータちゃんから殺気よりもおぞましい何かを感じたのは気のせいだろうか……⁉

（や、やっぱり怖い子だなぁ……！）

俺は引き続き、彼女を警戒することにしたのだった。

「あぁそうだクロウさん。実はアナタに、ヒュプノ支部長から伝言がありまして」

「伝言？」

とそこで。ヴィータちゃんは何でもないことのように、俺へとこう告げてきた。

「クロウさんの魔導兵装、『ムラマサ』について話があるそうです」

「…………」

俺は、心の中で高らかに叫んだ。

お――オワッタァアアアアアアアアアアアアアアアアア
アアアアアアアアアアアアアアアアアアアアアアアアアアア
アアアアア――――――――――――!!!!!!!!!!!!

【緊急ド悲報】
主人公終了!!!!
今までありがとうございました――!
【完結!】

第十四話　伝説のクロウくんの伝説……！

「――それでですねヒュプノさんっ！　なんとこの人、すごく愁《うれ》いを帯びた顔で私のことを心配してくれてて……！

もうっ、本当にどうしようもないくらいのお人よしさんです……♡」

「おやおや、それは羨《うらや》ましい話だねぇ～！　僕もそんなふうに想《おも》われたいなぁ、クロウくん？」

……はいどうも。騎士団支部に呼ばれたクロウくんです。

えーただいま銀髪美少女のヴィータちゃんと、白衣系美少女（？？？）のヒュプノさんに挟まれ、支部の廊下をテクテクと歩いています。

あ、すれ違う職員さんたちが羨ましそうな視線を送ってきますねー。どうもどうもー。

「……って、ヒュプノ。ずいぶんとお前、身綺麗《みぎれい》になったな」

元々美少女顔……いや、美少年顔？　はしてると思ってましたけどね。そこにゴッ盛りだったマイナス要素が全部吹き飛んでてビビッたわ。

「ふふふ、まずは形からってね！　これからは真面目にやっていくと決めた以上、身だしなみだって気を付けようと思ったわけさ」

「なるほど……」

真面目に、かぁ。……それはつまり、もう不正とかからは目を背《そむ》ける気はないってことですよね⁉

実は呪《のろ》われてる俺の存在も、見逃す気はないってことですよねぇ⁉

「こっちだよ」

（あわわわわ……）

ヒュプノさんに言われて地下への階段を下りていきます。

今この人の研究室に向かってるとこなんですよね。ヒュプノさんってば支部長さんなのに、わざわざ入り口で俺のことを待っててくれました。いい人ですねー。

（——って、いい人もクソもねーよピンチだよ！　逃げ場のない地下に俺を押し込めて根掘り葉掘り聞くつもりだよ！）

澄ました顔を保ちながら、俺はめちゃくちゃ焦《あせ》っていた……！

（俺のムラマサは人斬《ひとき》り魔剣。腹が減ったら俺の身体《からだ》を操って暴れるヤベー代物だ。……それについて話があるって……もしかしなくても、その性質がバレちゃった感じですよねぇ⁉）

俺の演技は完璧なはずだ。取り憑《つ》かれてるようには見えないはず。

だが、もしもムラマサの逸話が文献なんかに残っていたらおしまいだ。

（千年前の大混乱でたくさんの本がなくなっちゃったらしいけど、それでも一部は残ってるからなぁ。

……いやだが、ムラマサは名前的に極東の武器のはず！　たしかニホンって国だったか。あそこは島国だから魔物たちから逃げづらく、ほとんどの住民は死んでしまったと聞く。なら書物も伝わってるわけが……！）

俺はどうにか心を落ち着けようとする。

うん、もしもムラマサがヤベー武器だってバレてたら、それの使い手の俺には近づかないはずだもんな。

それなのにヒュプノさんってば俺の手を握って引っ張ってくれてる。うん、こりゃー何も知らないはずだ！　そうに違いない！

「さぁ、研究室に着いたよ。そこのソファに座ってくれたまえ。あと『ムラマサ』は机の上に置いてね」

「あぁわかった」

言われた通りに刀を置く。

それをまじまじと見つめるヒュプノさん。「はえ～」とか言いながら指でつついたりしているあたり、全然怖がった様子はない。

これはやっぱり何も知らないな！　誤魔化せそうだぜハッハッハ！

「これが人斬り魔剣のムラマサかぁ。カッコいいフォルムをしてるねー」

ハッハッ……ファッ⁉⁉⁉⁉⁉

い、今この人、人斬り魔剣とおっしゃいましたぁ⁉　えええええ⁉

「ヴィータ嬢もクロウくんのを触ってみるかい？　あぁ、せっかくだから鞘《さや》から抜いちゃおうか」

「えっ……うわぁ、怖いくらい黒くて鋭い……！」

ってヴィータちゃんにも触らせてんなよっ！

人斬り魔剣ってわかってるなら二人で仲良く指を這《は》わせるなよぉっ⁉

「よし堪能《たんのう》した。――さてクロウくん」

ヒュプノさんは姿勢を正すと、こちらをまっすぐに見つめてきた。


俺は静かに思う。――あぁ、終わったと。


ムラマサの性質は普通にバレていた。

研究員兼支部長ともなれば、大昔の貴重な文献を見放題だろうからな。そこにムラマサのことが載っていたんだろう。

ソレに取り憑かれてる俺は処刑確定だ。

「クロウくん……」

（ははっ、ヒュプノさんってばすげー俺のことを見てくるよ。これもしかして、実験生物として扱う気とか？）

それなら親しげなのも納得がいく。

実験に快《こころよ》く取り組んでくれるよう、打算を以《も》って接しているわけだ。

（あぁでも処刑よりはマシか？　……いややっぱり処刑も実験もやだやだやだッ！　助けてアイリスさぁんっ‼）

かくして、俺がクールな仮面を脱ぎ捨てて泣き叫びそうになった——その時。

ヒュプノさんは俺の手を取り、「素晴らしい！」と褒《ほ》めてきた。ふぁ⁉


「間違いない。キミは騎士団長以来の、『伝承克服者』だ！」


「伝承……克服者……？」

え、何言ってるのこの人⁉

戸惑う俺に、彼（？）は「あぁすまない」と興奮気味に手を離した。

「説明するよ。実はどの魔導兵装もね、人の意思を歪《ゆが》めてしまう効果があるんだ。たとえそれが、聖剣と呼ばれる類《たぐい》のモノでもね」

ヒュプノさんは語る。——魔導兵装は本来、とてもおぞましいものなのだと。

「世界に溢《あふ》れた魔力の影響で、武器の伝説はホンモノになった。炎が出ると伝えられていた剣からは、本当に炎が出るようになった。ここまではいいよね？」

「ああ……」

「けど、こっからが問題だよ。

——物語において、武器とその『使い手』はセットで登場するものだ。

それゆえ神話や伝承に詳しかった当時の人々は、〝エクスカリバーといえばアーサー王〟、〝バルムンクといえばジークフリート〟って具合に覚えていた」

ふむふむ――ってまさか⁉

「察したようだねぇ？

魔導兵装は人々のイメージが現実化するモノ。つまり兵装を握った者は、その本来の持ち主と人格が似通ってしまうんだ……！」

え、えぇ、なにそれ怖すぎなんだが⁉

自分が自分じゃなくなっていくってことか⁉

――ってそれ俺じゃん⁉　中身はともかく、身体は人斬りになってんじゃん⁉

「だから基本、魔導騎士は複数の兵装を持たないようにしているんだ。それだけ心が捻《ね》じ曲げられちゃうからね。

あと悪人が聖剣を持ったりしてもヤバいよー？　本来の人格と離れすぎた人物の影響を受けると、頭がおかしくなって死ぬから」

「死ぬ……⁉」

えぇこっわ……！

俺、お世辞にも人格者とは違うからな。聖剣は持たないようにしとこ……。

それと根暗だから陽キャの武装もNGだな。まぁ伝承や神話で陽キャって誰だよって感じだが。

「さぁて、ここからが本題だ。

――伝承において、『呪いの魔剣』と呼ばれている類。コレの汚染度は本当にやばい。

明確な使い手のいない武器でも、心が強くなきゃ殺人鬼まっしぐらになるはずだ」

ヒュプノは言う。「だからクロウくんの兵装がムラマサと知った時、飛び上がりそうになった」と。

「日本の希少な文献によると、人斬り魔剣の中でもトップの知名度を誇るとされている。そんな武器なんだ。握ったら最後、正気を失った大悪人になるはず——なんだけど、ね」

ヒュプノは俺へと微笑を向けた。隣に座ったヴィータも一緒だ。

「クロウくん。キミは、心からの言葉で僕たちを救ってくれた。大悪人が『正義に生きろ』なんて言葉を吐けるかよ」

「えぇ。本当に人斬りになっていたら、昨日の時点で私やられてましたしね。間違いなくクロウさんは正気です」

信頼の眼差《まなざ》しで見てくる少女たち。

彼女たちは二人でムラマサを持ち、俺へと差し出してきた。

「フフッ。それに、魔剣から感じるこの穏やかな波動……。まるで安心して眠る赤子みたいだ。クロウくんが持ってきてくれた魔剣『ダインスレイブ』も、まるで躾《しつ》けられた犬のように静かだったしね」

「知ってますかクロウさん？　一部の兵装には人格のようなものがあり、触れてみると魔力の波動で感情がわかるんです。

危険な兵装はどれもおぞましい殺気を放ってきますが、クロウさんのモノはどちらも穏やか。まるで、本当の使い手に出会ったかのように」

俺がムラマサを受け取ると、最後にヒュプノは告げてきた。

「真に兵装を我が物とし、呪いさえも超越した者。騎士団ではそれを、『伝承克服者』と呼んでいる。クロウくん。キミがその一人なんだよ――！」

祝福の笑みを浮かべるヒュプノさん。

ヴィータちゃんのほうも「騎士団長以外に現れるとは！　魔剣だって持ち放題ですよ！」と褒めてくる。

うん――でもねぇ二人とも、それ全然違うからね⁉

（ムラマサは今お腹《なか》いっぱいで寝てるだけだし、ダインスレイブはムラマサでボコったら大人しくなっただけで……俺、普通に呪われてますからぁあああ――――っ⁉）

――そんなことを言えるわけもなく、「そうだったのか……俺が、伝承克服者……！」と驚いた顔をしておく。

かくしてこの日、俺は周囲の勘違いから伝説の存在に祭り上げられてしまったのだった……！


伝説のクズ、爆誕――！

第十五話

こんな経験したらもうクロウくん以外じゃダメになっちゃうよアイリスさん！——◆

「——ヒュプノから聞いて驚いたぞ。クロウくんが団長殿と同じ、『伝承克服者』だったとは」

「らしいな（ちがうよ！）」

衝撃の事実（※事実ではない）が伝えられた後のこと。

俺はアイリスさんと共に、『北方都市セイラム』の雑踏を歩いていた。

ものすごい活気だ。数えきれないほどの人々が、立ち並んだ店舗を物色している。

人間ってこんなにいたんだねぇー……。

「おやクロウくん、少し顔色が悪いぞ？　もしかして人混みは苦手か？」

「あぁ、田舎《いなか》の故郷とは違いすぎてな。人が多すぎて目が回りそうだ（繊細な俺にはきついぜ）」

「ははっ、外地と内地の境目にある四大都市の一つだからな。両方より人が観光に来るから、騒がしさなら帝都より上なんだぞ」

「そうなのか」

はえ～。田舎人と都会人の交流スポットって感じなんですなぁ。

そりゃあワイワイガヤガヤするわけだ。もしかしたら街のどこかで、身分違いの恋なんて起きてたりしてね！（クロウくんには縁がない話だけどね。かなしい）

「ま、上流階級の者は流石《さすが》に訪れないけどな。外地に面した街だから魔物が入り込んでくることもあるし、危険人物だって潜《ひそ》んでいる可能性がある。

それに貴族連中のほとんどは外地の者を見下しているからな。キミも帝都に行ったら注意だぞ？」

前かがみになり、指をぴしっと鼻先に突き付けてくるアイリスさん（かわいい。胸がたゆたゆしてる。だいすき）。

「承知した。……それにしても、こんなにも早く帝都に向かえるとはな」

「あぁ、本当に異例の早さなのだぞ？　まさか昨日の今日で通行許可が下りるなんて」

そう。実は俺は明日にも、帝都に行けることになっていた。

今日はそのための買い出しってわけだ。関所代わりのこの街を抜けても、帝都までは数日かかるらしいからな。パンツとか買っておこう。

あとゴブリンにこっそり噛《か》まれたお尻の傷もまだ痛むので、いいお薬が欲しいっすねー。

「薬屋はどこだろうか？」

「おぉ。数日ばかりの旅とはいえ、何があるかはわからないからなっ。流石はクロウくん、わかっているな！」

あっ、全然わかってなかったです……。ただお尻が痛いだけなんです……。

そんなことを言っても格好悪いので、クールに「油断は禁物だからな」と頷《うなず》いておきました。

クロウくん油断まみれなんですけどね、ホントは。

「ふふっ、しっかりしてるなぁキミは。ヒュプノのヤツと同じく、腕っぷしが立つ上にとても賢い。……そんなキミたちに比べて……」

ふとアイリスさんの表情が暗くなる。えっ、どうしたんすか⁉

「なぁクロウくん。帝都側に抜けるのは、本当に大変なんだぞ？

だがヒュプノ支部長が頑張ってくれた。様々な人にかけあっただけでなく、キミが『伝承克服者』であることも解き明かしたことで、通行許可を即日もぎ取ってみせた」

先日まで腐りきっていたが、やはりすごい人だったんだなぁと彼女は呟《つぶや》く。

その声音はどこか悲しげというか、複雑そうな感じだ。

「……あの人と比べて、私は剣しか触れないバカ女でな。おべっかも使えず、権力者たちからすっかり嫌われてしまった身だ。『アイリスの弟子』を名乗らせたところで、むしろ許可が下りづらくなっていたかもしれん」

アイリスさんは重く溜《た》め息を吐《つ》く。

「私の駄目さはそれだけじゃない。『ムラマサ』が凶悪な装備であることを知らなかったがために、それを平気で振るうキミの凄さに気付けなかった。なんて失態だ」

ふがいなさそうにするアイリスさん。

っていやいや、全然平気で振るってませんからね⁉　余裕で操られてますからね⁉　そこに関しては、変な勘違いをしているヒュプノさんのほうが失態ですからね⁉

「こんな私に比べてヒュプノのヤツ、スマートで若作りで美人だしなぁ……。ネックだった隈《くま》や小汚さもなくなってるし、もう十代の少女にしか見えないし……やはり華奢《きゃしゃ》で可愛《かわい》いほうが、キミの隣を歩くのに似合いそうというか…………いや性別知らんけど…………うぅ……！」

何やらどんどんアイリスさんが曇っていく。

「しかも私、治療行為と称して、寝てるキミにあんなことしちゃったし……いやあの時は本当に真剣だったわけだが、今考えると意識のない未成年の男の子に三十手前の女が抱き着いたりして……うわぁぁぁぁあああ……！」

何やらブツクサ呟きながら地面に膝をついちゃうアイリスさん。

こ、これはもしかしなくても……！

（まさかこの人、『師匠』としてへこんでらっしゃる⁉）

私のほうが弟子の力になるべきなのに～って感じで、『師』として落ち込んじゃってるの⁉　ヒュプノさんに嫉妬《しっと》交じりの感情抱いちゃってますの⁉

わーいい人ぉーーーーーーーー‼

（俺なんかをお世話してくれるだけでも『SSSランクいい人』なのに、もっと世話してくれる人が現れたらこんな反応をしちゃうとか、アイリスさん天使すぎだろ‼）

認定ッ、『SSSSSSランクいい人』！　景品としてクロウくん抱き枕をプレゼントしちゃいます！（いらんだろうけど！）

ふっふっふ、これは弟子として想《おも》いをぶつけないといけませんな！

（堂々といくぜ！）

というわけで！

俺は多くの人々が行き交う中、アイリスの肩を強く摑《つか》んだ――!

「なっ、クロウくん⁉」

「聞いてくれアイリス。大事な話だ」

「はええぇえ⁉」

素《す》っ頓狂《とんきょう》な叫びを上げるアイリスさん。その声により、通行人たちがこちらを見てきた。

だけど俺は怯《ひる》まない。彼女の蒼《あお》い瞳をまっすぐに見つめる。

「なぁアイリス。俺はヒトに対してどっちが好きだとか、順位をつけるのが大嫌いだ。極めて失礼な行為だからな。だが」

俺はぐいっと顔を近づけた。

恥ずかしがり屋なアイリスさんが「ふぁー⁉」と叫ぶ。周囲の民衆たちも「おぉー⁉」と喚《わめ》いた。

「君の憂《うれ》いを晴らすためにも、今この瞬間だけは、はっきりと伝えるべきだと思う。

俺はヒュプノよりも――アイリス。君のことが、大好きだ……!」

「はえええええ⁉⁉⁉⁉⁉」

顔を真っ赤にして、ひときわ大きな声を上げるアイリスさん。

周りの人たちも「言いやがったっ!」と叫び、万雷の拍手を送ってきた。

ふふふふ……俺の堂々とした師匠愛に、みんなも感激しちゃった感じかな?

「見せつけてくれやがってーっ！」「さっさと結婚しちまえー!!」「キスしろ、キスー!!」

って、んん!?　結婚!?　キス!?　こいつら何言ってるんだ!?

あくまで俺はアイリスのことを、師匠として大好きって……あッ！

（『師匠として』って部分、さっきのセリフに入れ忘れてたぁ!?）

うわーっ、そりゃ何も知らない連中からしたら告白みたいに思えちゃうわけだよ！

うわうわやっちゃった、恥ずかしいー!!

くそぉ……こうなったらさっさと離脱じゃい！　ケツの薬買うのはまた今度だ！

「無用な注目を集めたな。すまないアイリス、すぐさま移動する」

「えっ、えぇぇ!?」

俺はボーッとなっているアイリスの背中に手を回すと、そのまま横向きに抱きあげた。

そして人の少ない場所を探して駆《か》け出す。

「ちょぉおっ、くろうくん!?」

おっと、急に抱っこしてビックリさせちゃったな。あと周囲の者たちも「ほあああああ!?」とか謎の驚き方をしていた。

みんな「公開告白だけでなくっ、あの技まで使うのか!?」「あの抱き方は、千年前より伝わる伝説のッ！」「しかもあの状態で街中を駆け抜けるだと!?」「もッ、もしあの二人が十歳差もあって、女性側が仕事漬けで男性経験なくて婚期に焦《あせ》ってて実は性欲も持て余し気味な乙女モンスターとかだったりしてみろッ、そこにラブラブ大胆告白なんて食らったら完全に脳がイカれちまうよォ!!」と戦慄《せんりつ》しまくっているが、何言ってるのかよくわからん。

俺、村人だから伝説とか詳しくないし。あとアイリスさんは素晴らしい人だから性欲が爆発寸前なわけないいし、たとえ爆発しても俺なんて相手にしませんて。

「あの黒髪のやつすげーよ……」『伝説だよ……』『すげえもん見ちまった……」

呆然《ぼうぜん》とする人々の中を駆け抜ける。

うーんなんかとんでもないことになっちまったなぁー。

（あの人たちの誤解を解くのは難しそうだなぁ。これについてはマジごめんなさいだ。俺みたいな根暗に告白されたように思われたら、アイリスさんも迷惑だろ）

走りながらウンウン考える。

この勘違いを解く手段は……うーん駄目だっ、全然思いつかない！

俺のあんまりよくない頭じゃ無理だな。諦《あきら》めよう。

（まぁ人の噂《うわさ》は七十五日っていうしな。みんなもすぐに忘れるだろ）

そう思い込むことにしよう。

それと、さっきの告白まがいのセリフをアイリスさんにしてしまった件。

これを彼女本人がどう受け取っているかだが……。

（――まっ、大丈夫だろ！　今まで俺は、『師匠想いの男』として振る舞ってきたからな！　今回も『あぁ、師匠として好きって意味なんだなー』って理解してくれてるさ！）

優しくて聡明《そうめい》なアイリスさんのことだ、妙な勘違いをするわけないいっての。

なぁアイリスさん？

「く、くろーくんっ、さっきの言葉は……！」

声が震えているアイリスさん。

ん？　あぁ、『さっきの言葉、ワード不足で周囲に間違われただろ！』って怒ってるのか。

本当にすいませんでしたぁ……。


「恥をかかせてしまったな。責任は取るさ（ごはんおごるとか）」

「しぇッ、しぇきにんっ⁉　そ、それってッ、ふぁあぁぁぁぁぁぁーーーーっ⁉」


なぜかアイリスさんは大絶叫を張り上げた。

限界まで顔を赤くすると、やがて彼女は糸が切れたように失神してしまった。

ちょっ、大丈夫すかー⁉

「おいアイリスッ、具合でも……って、寝息は穏やかだな。むしろ天国にいるみたいにフニャフニャ笑ってる……」

体調面に問題はなさそうだ。

ふむ、それならきっと疲れが溜まってたんだな。このまま宿まで送り届けてあげよう。

あぁ、起こさないようにゆっくり歩いて運んでいこうか。

俺ってば気配りの達人だな。ふふふふふ。

（……それにしても）

腕の中で眠る師匠に目を落とす。

すごく綺麗《きれい》な人だ。普段は凛《りん》としてるけど、こうして眠った表情はまるでお姫様みたいだ。

俺みたいな地味野郎とはまるで釣り合わない。

こんな人に告白したところで、断られるのが関の山だろうな。速攻で〝迷惑です〟って言われることだろう。

「そう言われてないあたり、やっぱりアイリスさんは『男女《ふたり》としての大好き』じゃなく、『師弟《ふたり》としての大好き』だって受け取ってくれたみたいだな。よかったぁ」

これまで愛弟子として振る舞ってきたからな。変な勘違いされなくて安心安心っと。

――こうして俺は今までのやり取りを信じ、街を歩いていくのだった。

※なお、
アイリス「こここっ、告白されちゃったあああ――――――‼

わ、わたひもしゅきぃい―――――‼」

普通に『男女』としての好きと思われてる模様――！

第十六話　異変の幕開け

（――ど、どうしてこうなったぁあああああーーーーーーー⁉）

アイリスさんを宿に届けた後のこと。

俺はなぜか、街中の屋根の上を疾走《しっそう》していた――！

建物から建物へと飛び移り、どこかに向かって突き進んでいく。

ぶっちゃけ超こええ！　落ちたらやばいっての！

（おいムラマサっ、俺をどうしようってんだよー⁉）

もちろん俺の意思ではない。腰に差した馬鹿ソード、ムラマサのせいだ。

ついさっきまではグースカ寝てたのに、いきなり目を覚まして身体《からだ》を奪ってきやがったのだ。

ねぇマジで何やってくれてんのー⁉

「うわっ、なんだアイツ⁉　黒髪の兄ちゃんがスゲー勢いで屋根の上駆《か》けてっぞ！」

「おーい何やってんだよアンタ！　見世物かー⁉」

「あっ、あの人はッ、もう一生の恋に堕《お》ちるしかないシチュエーションを全力でブチ込んだ伝説の⁉」

当然ながら注目が集まる。

セイラムの街を行き交う人々に見上げられ、もう恥ずかしくて堪《たま》らなかった。

俺は根暗コミュ障で目立つの苦手なんだっての！　頼むから俺の身体で変な真似《まね》はしないでくれよぉ……！

「てかムラマサ、お前どこに向かってるんだよ？　この方角って、内地のほうへの出入り口じゃ……」

俺が入ってきたほうとは逆。帝都に向かうためにくぐる必要のあるほうだ。

おいおい、そっちに何の用があるんだよ？　腹が減って魔物の魂が喰《く》いたくなったら、外地のほうに向かうべきだろ。

今向かっているのは『安全圏』って呼ばれてるほうで、魔物はほとんどいないとされているのに……。

――魂　極上　発見！――

「えっ」

とそこで。ムラマサが歓喜の叫びを張り上げると、俺の身体をさらに加速させた。

超高速で建物の上を駆け、何メートルもの幅を全力ジャンプし、時には知らない人の部屋の窓へと突っ込みながら、最短最速で内地側に向かっていく――！

もう足は痛いわめちゃくちゃ怖いわ部屋の人に叫ばれるわで最悪だ。

あ～もうっ、こんなの絶対に後で問題になるって～～～！

――魂！――

そして、次の足場となる建物は――、

（ってないじゃねーかよ⁉）

気付けば俺は建物群を抜け、内地側の門前にある噴水広場まで来ていた。

そこに向かって跳躍する俺。次の瞬間、おぞましい浮遊感が身を包む。

（おぎゃあああ落ちるぅーーーーっ！）

死ぬ死ぬ死ぬ死ぬマジで死ぬ！

ミノタウロスを倒した時もかなりの高さから着地させられたが、今回はそれより高いぞ⁉　下は石畳だぞ⁉

（あぁ、今度こそ死ぬッ！　クソバカソードに殺されるッ！）

そう思った刹那《せつな》、魂を通して語りかけてきた。

泣きそうになりながら落下していく俺に、珍しく長めの言葉で……、

――我　姿勢制御　努力。故《ユエ》　結果予想、、、、骨折程度！――

……って、骨折程度ってなんじゃオラァァアアーーーーーッ⁉

十分大怪我《おおけが》じゃねえかよォオーーーッ！

「ふざけるなァーーーーーーッ！」

俺の身体をなんだと思ってやがるんだテメェッ⁉

そんな怒りが爆発し、思わず叫んでしまった時だ。

ほぼそれと同時に、腕が勝手にムラマサを掲げ――――斬《ざん》ッ！

「ぐがぁあああぁぁあぁーーーっ⁉」

……気付けば俺は、足元にいた黒ずくめの人を真っ二つにしてしまっていたのだった……！


（あっ、あっ、あっ、あぁぁぁぁぁぁああああぁぁヤっちゃったぁぁああーーーー⁉）


知らない人斬《き》っちゃったぁーーーーっ⁉

着地より先にこの人に入刀したことで、足首へのダメージは骨折レベルから捻挫《ねんざ》レベル（それでもイテェ！）に軽減されたけど、いやいやいやいや大問題だよコレ⁉

「な、なんだ貴様は⁉」

「よくも同志をッ！」

「許さねぇッ！」

殺しちゃった人の仲間なのか、同じ恰好《かっこう》をした人たちが怒ってくる。

何十人もの黒い軍服を着た人たちだ。騎士団の服とは違うようだけど……あっ、もしかして別の国の軍隊の人たち⁉

帝都のほうから来たってことは、なんか会合の帰りだったり⁉

そんな人たちを襲っちゃったとなると……うぎゃー!! 国際問題だぁあああーーーーーー!!

クロウくんガチ犯罪者だぁぁああっ⁉

(もうッ、バカバカバカバカ! ムラマサの馬鹿ーっ! お前のせいで俺の人生滅茶苦茶だよッ!

アホォーーーーー!!)

どうしてこんなヤツに呪《のろ》われてしまったのか。

鬼畜ソードへの怒りが湧き上がって止まらない。眼光が鋭くなり、獣のような荒い息遣いになっていく。

そして、正眼に構えられたムラマサのことを睨《にら》むと、正面に立っていた黒服さんたちが「うっ⁉」と怯《ひる》んだ。

って、アナタたちのことを睨んだわけじゃないですよ⁉ このアホの子に怒っただけですよ⁉

(うぅ、俺ってば失礼な真似を……って、んん?)

そこで俺は気付いた。

黒服集団の中心。その足元に、血まみれの誰かが転がっていることに。

あの銀髪は……もしかして⁉

「うぅ、クロウ……さん……!」

って、ヴィータちゃんじゃねーか! なんでそんなことに⁉

えっえっ、よく見れば黒服の集団、あんな状態の子を踏みつけにしてるし。

え――もしやこいつらって……。

「っ、気を付けてくださいクロウさんッ！　こいつらは、危険な黒魔導士集団です！」

（あ～やっぱりそういうことね……！）

なるほど、全てを理解した。

となると後は簡単だ。俺は『最初に斬ったヤツは悪人だとわかってて斬りましたよ。ムラマサに向けていた怒りの感情も最初からお前らに向けてましたよ』って雰囲気を出して……、

「――幼き者を嬲《なぶ》り、平和を乱さんとする外道共よ。貴様らの罪、この俺が断罪しようッ！」

最高にカッコいい表情で、カッコいいセリフを出したのだった――！

「あッ、ぁあぁぁぁぁッ、クロウさんっ、クロウさんッ……！♡」

瞳を輝かせるヴィータちゃん。ピンチから救われたことがよほど嬉《うれ》しいようだ。

ふむふむ。この様子なら俺が操られていることに気付いてないようだな。こっちは問題なしっと、ヨシッ！

というわけで。

――負　悪　魂　美味　喰《ク》ウッ！　喰ウッ！　喰ウッ！――

（おーまかせたぞムラマサ、好きなだけ食っちまえ。こっちはダラッとするからさ～）
俺は表情筋以外の力を抜くと、ムラマサに全てを委ねたのだった。

なおヴィータちゃん救出場面を見ていた一般人
「もッ、もしもあの子が歪《ゆが》んだ教育を受けてきて、特定個人に対して『依存性』とも言えるような愛憎を向ける病癖を持っていた上で思春期真っ盛りの頃にあんな『理想の騎士』然とした救出シチュエーション食らったら、完全に脳がイカれちまうよォ!!」

第十七話　強襲

「――よ～し、頑張りますよぉ！」

むんっと気合いを入れ、銀髪の少女・ヴィータは雑踏の中を歩き出した。

――正直に言えば、最初はやる気のない任務だった。

元々彼女は騎士団本部の所属だ。このセイラムには、『上級騎士』として巡回任務を請け負ったがために訪れていた。

一応この街には騎士団支部があり、そこには当然それなりの数の騎士たちが控えている。

されど、そのほとんどは六級から五級の『下級騎士』と、四級から三級の『中級騎士』ばかり。

ヴィータのような二級から一級の『上級騎士』は、王家の危機に対処するために帝都を拠点とするよう命じられているからだ。

しかし、強き者を中央で独占していては地方の反発を受けかねない。帝都以外はどうでもいいのかと思われてしまう。

そこで示威的な意味も込め、上級騎士を街に派遣して巡らせる任務が存在していた。

まう。

「表通り、問題なしっ。路地裏、問題なしっ。あ、猫さん発見！」

キビキビと指を差していくヴィータ。その目は熱意に満ち溢《あふ》れている。

――はっきり言えば無意味な仕事だ。大抵の悪人など憲兵と下級騎士たちだけでも片付いてしまう。

わざわざ上級騎士がいるタイミングを狙って、騒動を巻き起こす悪党などいるまい。

つい先日までヴィータはそう思っていた。

ただ、大嫌いなアイリスがこの地方の魔物を狩りに向かったと聞いたから、偶然出会ったフリをして、あの女のことを煽《あお》るために任務を請け負ったに過ぎなかった。

だが……今は。

「……こうして頑張っていれば、私も『まとも』ってやつになれますかねぇ……」

切なげに呟《つぶや》くヴィータ。今、彼女は自分を変えようとしていた。

――彼女とて、幼少期までは普通に育てられてきたのだ。武家の娘として、『正義の騎士』への憧《あこが》れはあった。

だが、彼女の生家たるカームブル家は、アイリスを超えられるような『権威のための騎士』の製造を決行。

そうしてヴィータは歪《ゆが》まされた。家への強い忠誠心と戦闘力のみを求められ、調教ともいえるような教育が行われ続けた。

かくして実力者となった代償に、善性というモノを失ったヴィータ。

市民を守る心など一切《いっさい》ない、どうしようもない存在に成り果ててしまった。

……しかし。

『ヴィータ……今頃どうしているのか……』


そんな自分を、案じてくれる者がいた。

殺そうとした自分を許し、心配してくれる男がいた。

（クロウさん……アナタみたいな人に出会ってしまったおかげで、私ってばもう心の中がグチャグチャですよ……）

カームブル家に逆らう忌避《きひ》感はある。

家によって植え付けられたアイリスへの憎悪もある。鞭《むち》と共に叩《たた》き込まれてきたソレらは、簡単に拭《ぬぐ》えるものではない。

されどヴィータは思い出した。〝誰かに想《おも》われる嬉《うれ》しさ〟。〝誰かに慈《いつく》しまれる喜び〟を。

そして、そんな歓喜を民衆へと与える存在……『正義の騎士』への憧れを。

（私もなりたい。誰かを守り、笑顔にできるような騎士に。……クロウさんのような人に、私もなってみたい……！）

心に芽生えた憧れを胸に、ヴィータは真剣に巡回をこなす。

街の隅々まで見て歩き、民衆同士のちょっとした諍《いさか》いにも割って入り、迷子など困った者がいれば笑顔で手を差し伸べた。

これまで『面倒だ』『憲兵に任せろ』『下民風情《ふぜい》が貴族の私の手を煩《わずら》わせるな』と無視してきたいざこざを、積極的に解決していく。

そんなふうに必死で仕事をする少女騎士を、人々が嫌うわけがない。

「頑張ってるなぁ嬢ちゃん！」

「世話になっちまったなぁ」

「ありがとうっ、お姉ちゃん！」

——民衆から向けられる、労《ねぎら》いと感謝の言葉。そして屈託《くったく》のない笑顔が、ヴィータの心に沁《し》み込んでいく。

「いえいえっ、それではこれにて！」

気付けばヴィータも自然な笑みを浮かべていた。

活気あふれる街を上機嫌に進む。

ああ、誰かを倒すためではなく、誰かを喜ばせるために頑張ることは、こんなにも気持ちがいいのか。

人に誇れる行いをすることは、こんなにも心が晴れやかになるのかと。

ヴィータは今更ながらに騎士としての喜びを噛《か》み締めていたのだった。

「さぁて、次に向かう場所は……っと」

商店街を抜けたヴィータは、やがて綺麗《きれい》な噴水広場に辿《たど》り着いた。

気付かなかった。いつしか街を巡り終え、内地側の門前に辿り着いていたようだ。

品のよさそうな人物が次々と街に入ってくる。

「おっと。これはお仕事終了ですかねぇ……」

肩を竦《すく》めるヴィータ。

一応周囲は見ておこうと思うが、内地側の門前についてはほぼ問題はないだろう。

なにせこちらの門から入ってくるのは、全員帝都付近からやってくる者たちだ。

外地から内地に忍び込もうとする悪人はいれど、内地から外地に行こうとする者はいるまい。

(内地にだって悪人はいるでしょう。でも、外は魔物がいて危ないし、物資も限られています。外地に出る旨味《うまみ》はありませんって)

それゆえヴィータも憲兵たちも、帝都側から訪れる者に対してはあまり警戒をしていなかった。

「心配すべきは、帝都側の人たちに近づくスリとかですが……ふむ、特にそうした輩《やから》はいなさそうですね。

よーし、巡回二周目いっちゃいますか～！」

やる気いっぱいに手を上げるヴィータ。

かくして彼女が門に背を向け、再び街を巡ろうとした——その時。

「貴様は騎士だな?　これは好都合だ」

「えっ」

――次の瞬間。

背中に奔《はし》る激痛と共に、ヴィータの胸から刃の先が突き出した――！

「なッ――ぐぅううゥッ⁉」

苦痛に呻《うめ》くヴィータ。

口と胸から鮮血が噴き出した。視界が一気に眩《くら》んでいく。

さらには刃物を抜くついでに背中を蹴り飛ばされ、少女は広場を無様《ぶざま》に転がった。

「けほっ、かひゅっ……！」

上手《うま》く酸素を吸い込めない。心臓へのダメージは免《まぬが》れたようだが、代わりに肺を貫《つらぬ》かれたようだ。

必死に息をするたびに、胸からゴボゴボと血泡が漏れる。

（一体、何が起きたんですか……⁉）

つい先ほどまで平和に過ごしていたというのに、これは何なのか。

そうして倒れるヴィータの耳に、数々の絶叫が入り込む。

「なっ、なんだこいつらは⁉　うわぁぁあああーーーっ⁉」

悲鳴を上げる民衆たち。

霞《かす》んでいく目で周囲を見れば、帝都側の門から入ってきた者たちが、魔導兵装により人々を虐殺《ぎゃくさつ》していた。

「な、なに……これ……？」

呆然《ぼうぜん》と呟くヴィータ。

笑顔に溢れていた街が、地獄の舞台に変わっていく。

「ほう。何だ貴様、まだ息があるのか？　……これは丁度《ちょうど》いいかもなぁ」

そこで。彼女を刺した男が「おい、何人か集まれ」と声を上げた。

それに合わせ、ヴィータの周囲に集う者たち。その全員が、見たこともない黒い軍服を纏《まと》っていた。

「な、なんですか、アナタたちは……！」

彼女は声を震わせる。

傷の痛みはもちろん、自身を取り囲んだ者たちの悪意に満ちた視線に晒《さら》され、幼き心が恐怖に竦む。

恐ろしくて恐ろしくて堪《たま》らないが……しかし。

「何が目的で、この街を襲撃したんですかっ⁉　目的を教えなさいッ、このゴミ共！」

強気でヴィータは吼《ほ》え叫ぶ。下卑《げび》た視線を睨《にら》み返す。

悪《あ》しき者どもを相手に怯《おび》えるなど、自身のプライドが許さない。

――なにより、こうして自分に注目を集めれば、その間に民衆が逃げやすくなるだろう。そう考えてのことだった。

「テメェ……今オレらのことをゴミと言ったか⁉」

そんな少女に対し、男たちは「気に食わねぇなぁ！」「強がるなやガキッ！」と憤《いきどお》り、倒れた彼女を一斉に蹴った。

すでに重傷を負っていることなど一切考慮しない、殺す気の暴力を浴びせかけられる。

痛みと衝撃が全身に奔り、ヴィータの意識は混濁していく。……それでも、

「ぁっ、ぐぅ……！　こ、答えろ……ぉまえ、たちは……一体……！」

泣き言は全部我慢する。痛くない、辛《つら》くないと自分に言い聞かせる。

良くも悪くも虐待《ぎゃくたい》じみた教育を受けてきたことが功を奏した。

耐えがたき痛みにも必死で耐え、悪党どもへと言葉を投げる。

この間にも民衆が逃げられるように――きっと助けに来てくれる仲間たちに、情報を渡せるように。

「ほほう……幼くともご立派な騎士様だ。これだけ嬲《なぶ》られても泣きもしないか。

よし――お前たちやめろ。その高潔さを讃《たた》え、我らの存在を教えてやろうではないか」

彼女を刺した男が応える。

攻撃的な目をした人物だ。吊り上がった眦《まなじり》が、まるで飢えた妖狐《ようこ》のようだとヴィータは思った。

彼は黒服に着けられた『七芒星《しちぼうせい》のバッジ』を差し、息も絶え絶えな少女に叫ぶ。

「我らの名は、『黒芒嚮団《こくぼうきょうだん》・ヴァンプルギス』！　この新世界に〝真なる平等〟を齎《もたら》すものよッ！」

「っ、ヴァン……プル、ギス……⁉」

奇《く》しくも――ヴィータはその名に聞き覚えがあった。

以前、カームブル家の応接室の側《そば》を通った時、父が何者かと話していた。

彼女に盗み聞きをする趣味はない。何よりばれたらどんな体罰を受けるかわからない。それゆえ、すぐにその場を去ろうとした。

けれど……ただ一つだけ、聞き覚えのない単語が耳に入ってしまった。それが、

(『ヴァンプルギス』……どうして、あの時の言葉が……⁉)

困惑するヴィータ。

そんな彼女の内情などいざ知らず、男は続ける。

「千年前の魔力流出により、超常の力は現実のモノとなった！

絶滅寸前にまで追い込まれていた人々は、ソレを以《も》って魔物と戦い、ついには国を興せるほどに人類の勢力を回復してみせた！　あぁ、素晴らしきかな人類の底力ッ！」

謳《うた》うように語る狐目《きつねめ》の男。

誇らしい、よくやったと、かつての人々を心から称賛する。

――だが、

「そうして、今はそれなりに平和になったわけだが……なぁ、小さき騎士よ。どうにもこの時代、腐っている者が多いとは思わんか⁉　かつて活躍した祖先にあやかり、権威を振りかざす貴族などなぁ！」

「っ⁉」

そんなことはない、とは言い切れなかった。

なにせヴィータこそ、腐敗した貴族家の末裔《まつえい》なのだから。

「覚えがあるようだな？

――そう。人類は安定し始めた結果、くだらぬ『格差』を生み出すようになってしまったッ！

ベルリンの霊壁により内地と外地を分断し、選ばれし者たちは壁内でぬくぬくと暮らす始末。これでは駄目じゃあないかね⁉」

「それ、は……」

……聖者じみた男の言葉に、ヴィータは思わず頷《うなず》きかけた。

どうせ相手は悪党なのだ。略奪のためにでも事件を起こしたのだろうと思っていた。

それなのに……、

「あぁ、オレたちは元々外地の生まれだ。日々魔物に恐怖しては、はるか遠くにある平和な帝都に想いを馳《は》せていた身だ！

羨《うらや》ましい、妬《ねた》ましいッ！　あそこで暮らす奴《やつ》らと比べて、なぜ自分たちはこんな寒村でと、嘆《なげ》かぬ夜はなかった！」

ついには涙さえも溢《こぼ》し始める狐目の男。

他の者たちも、感極まったように強く頷いていた。

（なん、ですか……この人たちは……？）

ヴィータの想像していた悪とは違う。

きちんとした考えがあり、何かしらの背景があり、仲間同士の絆《きずな》があるように感じた。

もしかしたら、彼らなりの『正義』が胸にあるのか……それならば話し合いの余地があるんじゃないか……。

途切れそうな意識の中、ヴィータがそう思いさえした……その時、

「そこで我々は、運命の指導者様に出会った。彼は言ったよ。

『ならば全て壊してしまおう。四方の街を粉砕し、魔物の軍勢を帝都に導き、みんなで苦しみを分かち合おう』と――！

あぁ素晴らしいッ、まさに『正義』の鉄槌《てっつい》だァアアア！」


「…………は？」

瞬間的に、ヴィータは理解した。

彼らの中に存在する正義……それは、自分の考えているモノとは、大きくかけ離れていることに。

話し合いの余地など、一切存在しないことに。

「それから十年。我々は着々と準備をし、ついに決行の時が訪れた！

さぁ同志たちよ、目につく全てを破壊しよう！　平和を目指して暴力を振るおうッ！　我々が感じてきた苦しみを、みんなに配り分けてやろうッ！」

『オォォォオオオオオオーーーーーーッ！』

雄叫《おたけ》びを上げる黒服集団。血走った眼を狂喜に輝かせる。

――考え？　背景？　仲間の絆？　そんなものはまやかしだとヴィータは気付いた。

こいつらはただ、暴力に酔っているだけなのだ。自分たちを『国を変える者たち』と思い込んでいるだけの、異常者どもだ。

「お前たちなんて正義じゃない……お前らはやっぱり、ゴミの集まりだッ！」

最後の気力を振り絞り、黒服たちへと少女は叫ぶ。

そんなヴィータに、狐目の男はやれやれと首を竦めた。

「その美しい容姿、どうせ武家貴族の娘だろう？　貴様のような者に我らが理想は理解できんよ」

男は彼女に腕を突き付けた。

その手首には、灰色の石の腕輪が。そこから仄《ほの》かに魔力が漂う。

「最期に自己紹介をしておこう。

我が名はナイア・ヴィンセントッ！　『ヴァンプルギス』の七大幹部が一人なりッ！」

名を叫ぶのと同時に、魔力がさらに溢れ出した。

灰色の煙のような燐光《りんこう》が、ヴィータの下まで押し寄せる。

「さぁ、絶望するがいい少女よ……！」

「ひぃっ⁉」

ジリジリと寄ってくる男を前に、ヴィータの口からついに悲鳴が漏れ出した。

すでに失血で動けない。そうでなくとも、他の黒服たちに手足も背中も踏みつけられ、身じろぎ一つできない状態だ。

風を操る自身の短剣も、柄《つか》を握らなければ発動すら不可能。――完全に、詰みだ。

「見ればわかる。まだ幼くも良い肉体《からだ》をした女だ。さぁ、これからオレと……！」

オレと何なのか。ヴィータは知らないし、知りたくもなかった。

ただただ恐怖に震えながら、絶望の時を待つしかない。

「いゃ、いやぁ……！」

かくして少女が、邪悪の餌食《えじき》にならんとしていた――その時。


「――ふざけるなァーーーーーーーーッ！」


怒りの叫びが、遥《はる》か天より谺《こだま》した――！

そしてッ！

「ぐがぁああああぁああーーーっ⁉」

一刀両断――狐目の男が真っ二つになり、裂けた身体《からだ》が左右に倒れる。

ブチ撒《ま》けられる大量の鮮血。その突然の強襲に、黒服たちが一瞬遅れて「なんだ貴様は⁉」「よくも同志を！」と激昂《げっこう》するが、『彼』は一切怯《ひる》まない。

逆に、超絶の怒りを込めて男たちを睨み、彼らのことを後ずらせていた。

あぁ――その気迫に、ヴィータは心から感じ取る。

これが本当の、『正義の怒り』なのだと。やはり彼こそ、幼き頃に夢見た『正義の騎士』なのだと。

ヴィータは安堵《あんど》に涙しながら、彼の名前を必死で呼ぶ。

「うぅ、クロウ……さん……！」

やはりアナタは助けに来てくれた！

絶望に屈しそうな私を、救いに来てくれた――！

「っ、気を付けてくださいクロウさんッ！　こいつらは、危険な黒魔導士集団です！」

そう。数十人全員が魔導兵装と思《おぼ》しき武器を持っているなど危険すぎる。

一人で対峙《たいじ》できる戦力ではない。だが、危険と警告しておきながら、ヴィータには彼が臆する光景など想像できなかった。

実際にクロウは、さらに闘気を昂《たかぶ》らせると、

「――幼き者を嬲り、平和を乱さんとする外道共よ。貴様らの罪、この俺が断罪しようッ！」


（ツッツッツ～～～～～～～～～～!!!!!!）

その瞬間、ヴィータの身体に電流が走る。

胸の痛みなど吹き飛ぶような凄《すさ》まじすぎる甘い衝撃。凛《りん》と雄々《おお》しき漢を前に、少女は窮地も忘れてとろける。

「あッ、ぁあああぁぁぁぁぁぁッ、クロウさんっ、クロウさんッ……！♡」

――断言できる。自分は今、完全に恋に堕《お》ちたのだと。

もはや彼しか目に入らなくなる。あの勇者に、あの英雄《ヒーロー》に、抱き締められる未来しか想像できなくなる。

「征《ゆ》くぞッ！」

そして、そこから始まる激闘はヴィータのときめきを限界突破させた。

クロウが舞う。クロウが斬《き》る。どんな攻撃にも一切臆さず、自身の肉体を使い捨てるような激しさで斬って斬って斬りまくる。

黒き刀一本を手に無双する姿は、まさに修羅《しゅら》。

気付けば黒服たちは恐怖し、『魔力切れ』も厭《いと》わずに全力で兵装の能力を振り乱した。

火が雷が氷が放たれ、ヒト一人を殺すには余りある驚異的な攻撃の嵐が巻き起こる。

されどクロウは躊躇《ためら》わず、敵の元へと特攻する。

「うぉおおおおおおおーーーーーーーーーッ！」

絶叫にも似たような雄叫びを上げ、敵集団を斬り飛ばしていくクロウ。いくつもの攻撃が掠《かす》めるのもいとわず、悪しき者を斬滅《ざんめつ》する。

ヴィータは地に這《は》いつくばりながら、神を見るようにその様を見つめた。

（あぁ……私は、正義の騎士になれるかはわかりません……。でも、アナタの側にいて、恥じることのない女にはなりたいッ！）

クロウへの想いが止まらない。

尊敬の念は恋に変わり、恋する想いは愛欲へと変貌《へんぼう》する。

それを活力に、

「――目覚めなさいッ、『紫怨風刃《しおんふうじん》フラガラッハ』！」


ヴィータは腰の魔剣を握った。その瞬間、紫苑《しおん》の風が吹き荒ぶ。

本来ならば指一本すら動かせなかった。失血で酸欠で、心臓すら止まりかけていた。

だが、

（そんなもん知ったことかッ！　ここで少しでも戦えなきゃッ、私はクロウさんに相応《ふさわ》しくなれない！）

少女は死力を振り絞ると、風を纏って黒服たちへと一気に駆《か》けた。

この場に残る最後の一団だ。小賢《こざか》しくもクロウの死角より攻め込まんとしていた彼らに、殺意の刃を突き付ける。

「死ねぇえええぇーーーーーッ！」

そして、風刃一閃《いっせん》――！　彼らが動揺した瞬間には、すでにその首を刎《は》ねていた。

悪しき者らの鮮血が散る。騎士としての達成感が胸に満ちる。

「っ、ぁ、わたし、にも、やれ、ましたよ……」

今度こそ、本当に限界だった。

その場に倒れ込むヴィータ。しかし石畳にぶつかる直前で、たくましい腕が彼女を抱き留めた。

「ク……クロウさん……」

「よくやってくれた、ヴィータ。感謝している」

「ァっ……！」

微笑と共に送られた言葉に、涙が溢れた。

止めようと思っても止まらない。失血により眩んでいた視界が、さらに滲《にじ》んでわからなくなる。

「こ、こちらこそ……ありがとうございますっ、クロウさん……！」

ありがとう、ありがとう。

闇に堕ちる運命から救い、そして死の運命からも助けてくれた。

そんな素晴らしきアナタに、心からの感謝を――と。

少女は万感の思いを込め、柔らかく微笑《ほほえ》み返すのだった。


なお。

「よくやってくれた、ヴィータ。感謝している（マジでありがとねぇぇぇぇぇぇぇぇぇぇぇ!!　もう全身バキバキで戦うのキツかったよォッ！　そんな身体で助けてくれてありがとねぇぇぇぇぇぇぇぇ!!!!）」

クロウはもしかしたらヴィータ以上に、彼女に対して感謝していた。

雄々しき姿などただの仮初《かりそめ》。実際は無理やり敵陣に突っ込まされ、泣きそうになりながら刃を振るっていたのが実情だった。

(クソォ、筋肉は引き千切《ちぎ》れそうな上に、あちこち攻撃かすってイテェよぉ……! てっきり無傷で倒してくれると思ってたのに、どーなってんだよムラマサさんよぉ⁉)

──器 身体能力不足 我不幸──

(はぁあああああああああああああああああああああ────────⁉⁉⁉おまえ何言ってくれてんのォッツッ⁉⁉⁉)

刀と脳内喧嘩《げんか》をするクロウ。

目の前の男がそんな滑稽《こっけい》な内面をしているとは知らず、ヴィータは感謝を述べるのだった。

第十八話　断罪参上

「『黒芒響団《こくぼうきょうだん》・ヴァンプルギス』。それが、ヤツらの組織名だそうです……」


──黒服どもを全滅させた後のこと。

ヴィータちゃんは死にかけの身で、敵の情報を教えてくれた。

曰《いわ》く、〝内地民にも外地民と同じ苦しみを与えよう〟って名目で、四方都市をぶっ壊して魔物の通り道にするつもりらしい。

なるほど。内地は『ベルリンの霊壁』で覆われているが、合間合間に存在する都市だけは穴になりえるからな。

もちろん国もそれがわかっているから、騎士団支部を置いてきっちり守っているわけだが……。

「ごほっ……敵の黒魔導士の数は、完全に支部の騎士を上回っていました……。クロウさんが倒してくれなければ、本当に街が落ちてましたよ……！」

息も絶え絶えに褒《ほ》めてくれるヴィータちゃん。

いや～それはありがたいんですけどねぇ……。

（たぶんこの事件、まだ終わってないんですよ。だって腰のムラマサくん。なんだかまだまだウズ

ウズしてますからねぇ）

ある程度満たされたからか強制的には操られてないけど、さっきから喚《わめ》いてやがる。

――悪　負　魂！――

（元気だね～キミは！　俺の身体《からだ》ボロボロにしといてさぁ……！）

相変わらずマイペースな鬼畜ソード。コイツは魔物や黒魔導士みたいな『悪い魂』ほど美味に感じる性質がある。

動物で言えば、肥え太ってたほうが美味《うま》いってことかな。

そんなコイツがあれだけ人を斬《く》ってもギャーギャー騒いでるってことは、よほど極悪なヤツが近場にいるのだろう。

嫌だなぁ、もう全身痛いしバトルしたくないよ……。

「クロウさん……？　なんだかお顔が険しいような……」

「ああ。……俺の勘だが、騒動はまだ終わってない気がしてな」

「えっ、それは……けほっ、どういう……？」

ヴィータちゃんが訊《たず》ねてきたところで、都心部から「おぉーいっ！」と手を振りながら駆《か》けてくる者たちがいた。

白い軍服の集団、支部の魔導騎士たちだ。騒動を聞きつけて応援に来てくれたのだろう。

「上級騎士のヴィータ様と、アイリス様の弟子の方でしたね。敵は――って、全滅してる!?」

「二人だけでやったのか……？」

「ってヴィータって子、すごい怪我だぞ⁉」

ヴィータちゃんの状態に気付くや、何人かがポーションを持って慌《あわ》てて近づいてきた。

この人たちに任せておけば大丈夫だろう。潜《ひそ》んでいる敵も、彼らと探索すればすぐに見つかるはずだ。

「ヴィータ。後は俺たちに任せて、支部の医務室でゆっくりと……」

そこまで言ったところで——俺はハッと気が付いた。

（……門の前で騒ぎを起こしたら、そりゃ騎士たちがいっぱいそこに来るよな？　そしたら……支部の戦力は……⁉）

——敵の狙いが完全にわかった！

ムラマサのおかげで『まだ敵はどこかにいる』と知る俺だからこそ、確信をもって言うことができる！

俺は支部のほうを指差すと、騎士たちに向かって吼《ほ》えた。

「今すぐ戻れッ、これは『陽動』だ！　敵の狙いは、騎士団支部だァーーーッ！」

そして、次の瞬間。

ドゴォオオオーーーーンッ！　という音を立てて、支部の一部が爆炎と共に吹き飛んだ！

（やはり——！）

と思った刹那《せつな》、捻挫《ねんざ》と筋肉痛でバキバキな脚が、猛スピードで動き出すッ！

人混みを避けるために再び建物の上へと登り、一切《いっさい》危険を考慮せずにセイラムの空を駆けていく

――！

もちろん、俺の意思ではなく……、

――食！　食！　魂イイイッイイイイ！――

（ってまたかよムラマサぁぁぁあああーーーーっ!?）

◆◇◆

「――やられたよ。本当の狙いはここだったか……」

騎士団支部は変わり果てていた。

建物中に炎が奔《はし》り、焼け落ちた天井の穴からは黒煙が上がり、そして多くの騎士や職員たちが燃える肉片と化していた。

そんな火炎地獄の中、鈍色《にびいろ》の斧《おの》を手にしたヒュプノは、傷だらけの状態で一人の女を睨《にら》みつけていた。

「それにしても、まさかキミが黒魔導士に堕《お》ちていたとはねぇ。元魔導騎士の、『紅刃《こうじん》のカレン』？」

「……うるせぇよ。アタシに馴《な》れ馴れしくすんなや、ヒュプノ」

苛立《いらだ》たしげに答えたのは、長い赤髪をした黒服の女性だった。

整った容姿をしているものの、顔や手など服から覗《のぞ》いた箇所の一部には、酷《ひど》い火傷《やけど》の痕《あと》があった。

「テメェも怪我《けが》で引退した身だろうが。こんなクソみてぇな国のために頑張るなや、魔導兵装を置いてとっとと失《う》せろ」

そう言いながら、カレンは傍《かたわ》らに倒れた騎士の剣を奪い取り、腰の小袋に入れていく。

得物と比べたらあまりにも小さすぎる袋だ。だが、まるで四次元に吸い込まれるように剣は内部に収まっていった。

その光景にヒュプノは目を眇《すが》める。

「質量を無視した収納機能……『フィン・マックールの魔法袋』か。かつて消えたはずの、我が国の至宝を、なぜ……」

「さぁねぇ。それよりもどうするんだい、ヒュプノ？　兵装を渡して逃げるか――それとも、アタシの『スルト』に焼かれてみるかい？」

炎剣を突き付けるカレン。

赤き剣先から熱光が放たれ、ヒュプノの胸元から下腹部までをなぞる。

衣服の繊維《せんい》だけが焼け、白く瑞々《みずみず》しい肌が露《あら》わとなった。

「くっ……」

「アハハッ。一度見てみたいと思ってたけど、やっぱり顔だけじゃなくて身体も綺麗《きれい》みたいねぇ。……いいいいいいいいいい、国に焼かれたアタシと違って」

嘲《あざけ》りの表情に憎悪が混じる。

持ち主の激昂《げっこう》に合わせ、炎剣の熱量がさらに上がった。

「二十年前の『あの日』。アタシは女として終わり、アンタも戦えない身になった。

――それなのに、レムリア帝国にまだ尽くしやがって……！」

彼女の周囲が溶解を始める。

凄《すさ》まじい炎熱を溢《あふ》れさせながら、カレンは『旧友』に向かって言い放つ。

「ヒュプノ！　アンタって今、薄汚い貴族の犬にされてるんでしょう⁉

そんなクソみたいな人生送るくらいなら、アタシと一緒に来なさいッ！」

炎の中、彼女はヒュプノに手を伸ばした。

一緒に黒魔導士に堕ちよう。帝国を壊そうと破滅に誘う。

その誘いに、ヒュプノはわずかに瞠目《どうもく》し――静かに首を横に振った。

「……ごめんね、カレン。そのお誘いはちょっと遅いよ」

「っ、なんだそりゃ⁉　どういうことだテメェ！」

まるで訳がわからない。

火炎を撒《ま》き散らしながら怒鳴るカレンに、ヒュプノは答える。

「たしかに、クソみたいな人生まっしぐらだったよ。

〝いつかきっと国もよくなる〟って信じて仕え続けてきたけど、内地が平和になるごとにみんなどんどん腐っていった。僕も色々な無理を言われて、最近は心が限界だった」

「なら……」

「だけどね。――クロウくんっていう、とても素敵な男の子に出会えたんだ。彼は僕に、心の光を取り戻させてくれた」


ヒュプノは強く信じている。

あの子がいれば、〝絶対に国はよくなる〟と。

腐敗した者たちを全て『断罪』し、輝く未来を見せてくれると。

「だからカレン。残念だけどキミとは行けない。

僕はこの国を壊すんじゃなく、クロウくんと共に作り変える！」

「ヒュプノォ！」

彼女は激しく激昂すると、腰の魔法袋に手を差し込んだ。

そして、炎剣とはまた違う『紅《あか》き大剣』を片手に握る――！

「敵対するならもう容赦《ようしゃ》しない……！　アタシはアンタを、ぶっ殺すッ！」

「っ、それは……『紅血染刃《こうけつせんじん》ダインスレイブ』……！」

カレンによって奪われた兵装の一つだ。

元はクロウが持ち込んだ魔剣が、再び悪《あ》しき者の手に渡ってしまった。

「アンタの全盛期の力は知ってるからねぇ。念には念を入れて、全力以上の力で葬《ほうむ》らせてもらうさ……！」

「カレン……魔剣の同時持ちなんて、危険な真似《まね》は……」

「うるせぇ！　これでテメェは完全に詰みだ！

駐在の騎士共は全員殺した。門のほうに向かった連中も、今ごろナイアのグループとやり合ってるところだろう。ヘタすりゃ壊滅してるだろうねぇ！」

ギヒャハハハハッと、下卑《げび》た哄笑《こうしょう》を上げるカレン。

その様をヒュプノは哀《あわ》れんだ。『かつては護国の騎士だったキミが、こんな……』と。

「さぁ泣き叫べやヒュプノ！　可愛《かわい》い顔を恐怖で染めろォ！」

彼女は刃を振り上げると、容赦なく旧友に襲いかかった。

それに対し、ヒュプノは静かに上を見上げ――、

「恐れる必要なんてないさ」

「あぁッ⁉」

だって――。


「ピンチには、英雄《ヒーロー》がやって来てくれるものだからね」


次瞬、崩落した建物の上空より、一人の男が舞い降りる。

彼は漆黒《しっこく》の刃を振るい、襲いかかるカレンを薙《な》ぎ払った――！

あぁ、彼こそは……！

「来てくれたんだね、クロウくん……！」

「ああ、後は俺に任せるがいい」

——黒髪の騎士が、此処《ここ》に参上したのだった……！

なお、何メートルもの高さから参上することになったクロウくん
（足いてぇえええええええええええええええええええええええええええええええええ!!!!!!!!!!!!）

第十九話　激戦終幕

「テメェがクロウかぁぁぁあーーーーーッ！」

（ひえええええええぇッ⁉　あのお姉さん超ブチ切れてるぅーーーーーーっ⁉）


――みなさんこんにちは、クロウくんです！

えー大変暑い季節になってきましたね。そんなクロウくんも今、めっちゃ暑い場所にいます！

はい、火災現場です‼‼　あちこち火の海状態でございます‼‼

暑いっていうか熱いし息苦しいし身体《からだ》もバキバキに痛いのに、ムラマサくんが容赦《ようしゃ》なく俺を突入させやがりました。

（あのさぁムラマサくん？　おかげでヒュプノさんイイ感じに助けられたけどさぁ、俺が死んだらマジでどうするわけ？　ちょっとくらい心配しないの？）

――魂ッ！　魂ッ！――

（お前ぇ！）

駄目だコイツ聞いちゃいねえ！

目の前の赤髪お姉さんに（食欲的な意味で）メロメロだ。俺の身体を使って、めっちゃ鮮《あざ》やかな構えを取りやがった。戦う気マンマンやんけぇ〜。

「チッ……隙がねえ。テメェ、若造のクセに相当修練積んでるな」

「さてな（積んでないです）」

無理やり動かされてんだよクロウくんは！

ちょっと鍛えてるだけの身体で一流の戦士の動きとかしやがるから、もう毎回筋肉が限界ですよ……！

はぁーもうマジで一回ムラマサの野郎、肥溜《こえだ》めに気合いで突っ込んでやろうかと思うわ。あー腹立つッッッ！

「ッ、完成された構えに、その鋭い殺意……！　なるほど……ヒュプノのヤツが期待するのも頷《うなず》ける」

（って違うよお姉さん⁉　ブチ切れてるのはムラマサに対してだよ⁉）

「――だが！　それでこそ燃えるってもんだァァァーーッ！」

（燃えないでーーーーーー⁉）

俺の心の声も知らず、赤髪姐《ねえ》さんは容赦なく斬《き》りかかってきた！

右の炎剣と、左の紅剣――ダインスレイブが再び俺に襲いかかる！（お前盗《と》られてんじゃねえよ！）

「死ね死ね死ね死ね死ねぇぇぇぇーーーーーッ！」

縦横無尽に放たれる斬撃《ざんげき》の嵐。

超熱量の刃と吸血の刃が、共に俺を抹殺《まっさつ》せんと乱れ舞う。

それを避《よ》けるために、ムラマサもまた俺の身体を滅茶苦茶に操る。

（ぎゃあああああ目が回るぅうう――――!?）

跳んでしゃがんでバク転して回って……それらの動きを数秒間に何度も行い攻撃を回避。

そして隙あらばこちらから斬りかかり、敵の二刀に対抗するため二倍の速さで斬撃を放つ。

（って、死ぬッ！　動きが激しすぎて酔って死ぬし、腕が痛すぎて死ぬ！）

ただでさえいつも高速で斬ってるのに、腕が千切《ちぎ》れちゃうよぉおお―――――っ！

「うおぉおおお―――ッ！（痛いよぉおお――!!）」

「くぅうッ!?　このカレン様とまともに斬り合うだとぉ!?」

痛みに耐えている甲斐《かい》もあって、俺は彼女と戦えていた。というか押せてすらいた。

向こうは魔導兵装ダブル持ちな上、どっちの武器も威力は上だ。戦闘技術も超高い。

だがどことなくカレンという人の動きはぎこちなく感じた。それはおそらく、

「わかるぞ。慣れていないんだろうッ、二刀流に！」

「くっ!?」

俺の放った振り下ろしを、彼女はダインスレイブでギリギリ受け止めた。

（おぉ～～スレちゃんや！　盗られてんじゃねーよって罵《のの》しって悪かった！　ムラマサと比べてイイ子だねーキミは！）

おかげで有利な状況が作れたよ。

敵は一流だが、ムラマサに操られている時の俺もメチャ強いからな（※身体の負担を無視してる

から)。

超技術と超技術のぶつかり合いになる以上、不慣れなスタイルで戦うことは命取りになる。

「くそっ!」

向こうもそれを悟《さと》ってか、ダインスレイブを手放そうとするも——、

「ハァァァァァアッ!」

斬ッ! 斬ッ! 斬ッ! 斬ッ! 斬ッ!

まるで抑え込むように何度も何度も滅茶苦茶に、ムラマサを思いきり叩《たた》きつけた。

それによってカレンは防御姿勢から動けなくなる。そして、

「フッ!」

烈断一閃《いっせん》。ムラマサの振り下ろしを何度も受けたことで、ダインスレイブが真っ二つに割れた——!

咄嗟《とっさ》に飛び退《の》くカレンだが、突き抜けた刃は彼女の胸元から腹部を縦一文字に斬り裂き、大量の鮮血を噴出させる。

「がぁぁぁぁッ!? チクショウがぁぁあッ!」

怒号を上げながら炎剣を地に突き刺すカレン。その瞬間、彼女の足元から炎の壁が現れた。

触れていなくても表皮が焼けるほどの熱量だ。突貫しようとしていた俺の身体が後退する(※ム

ラマサくん後退って知ってたんだ‼）。

「クソがクソがクソがぁぁああッ！　このカレン様の邪魔をしやがってぇッ！　アタシに国を壊させろォ！」

（うるせー馬鹿！　このままじゃ俺の身体が壊れるわ‼）

もう全身痛いんだってばよ‼

あとブチ切れてるカレンと俺のことなんて無視して、ムラマサくんはミシミシミシィッて音が鳴るほど足を踏みしめています。

あーわかりましたよぉ。すごい勢いで炎の壁に特攻して、俺が燃え尽きる前にカレンに一撃浴びせる作戦ですね？

――ってやめろやめろやめろやめろッ！　絶対に火傷《やけど》しちゃうからッッッ！　たとえ生きてても全身火傷まみれなんて嫌じゃぁああああーーーーー‼

「……もうやめろ。決着はついた」

「あぁッ⁉」

というわけで停戦交渉開始じゃい！

ムラマサくんがパワーを溜《た》めてるうちに、どうにかこの人を退《ひ》かせてみせるッ！

「カレンと言ったな？　お前にも事情があるのだろう。目を見ればわかる」

「っ……」

ぐっと押し黙るカレンさん。

――すみません、目を見ればわかるとか言ったけど実は全然わからないです……ちょっと適当言いました……！

でもそんなこと言ったらマジで殺されそうなので、俺は『わかるよ、キミの気持ち』的な顔で交渉を進めます。

「何があったのかは知らない。だが、お前の瞳はかつて正義を信じていた者のソレだ。違うか？（当たれ！）」

「……あぁそうさ。アタシはかつて、魔導騎士だった」

「そうか（当たった！）」

いぇーい交渉ギャンブルに勝利したぞぉ！　なるほどなるほど、なんか色々あって悪に堕《お》ちちゃった感じか！

よーしこれは上手《うま》く交渉できそうだぞぉ。根っからの悪党だったらどうしようもないが、元正義マンなら対話の余地ありだ！


「ならば」

話し合おうと俺が言いかけた時だ。

不意に頭上に影がかかるや、カレンの元にボロボロの少女が舞い降りた。

って誰⁉

「おいカレンッ、さっさと逃げるぞ！　あの黒髪は化け物だッ！」

男口調でカレンを脇から抱き上げる少女。

その見た目はごくごく普通だ。『ヴァンプルギス』の連中みたいに黒服を纏《まと》っているわけでもない、どこにでもいるような灰色の髪の村娘だ。

目立つ点があるとすれば、なぜか傷だらけなのと……手首に巻いた石の腕輪くらいか。

（って待てよ？　あの腕輪、俺が最初に斬った黒服が着けていたような……⁉）

どういうことかと驚く俺を無視し、少女は階層をジグザグと跳《は》ねながら、カレンを抱えて天井の穴まで脱出していく。

すごい身体能力だ。よほど鍛えているのか……って思いきや、足がバキバキと折れてやがる。わぁ親近感！

「チィッ、一般人のガキなどこんなものか。あの銀髪の身体さえ奪えていれば……」

「おい貴様っ、ナイアなのか⁉　他の同志たちはっ⁉」

「あぁッ⁉　全滅だよッ、あの黒髪にみんなやられた！　おびき出した騎士どももすぐに戻ってくるぞ！」

会話からして、やはり彼女もカレンの仲間らしい。

ふぅ……何はともあれ戦わずに済んだ～！

――魂イッ！――

（ちょっ⁉）

ハラペコクソ虫なムラマサくんが敵を逃がすわけがなかった。

即座に二人を追いかけて、少女が足をへし折ってたのと同じ動きで天井まで駆《か》ける。ウギャーッ⁉

「化け物めッ、やはり追ってきたな！」

「うおぉぉおお！（痛いよぉー‼　追いたくないよぉおおー‼）」

痛みで雄叫《おたけ》びを上げながら二人に追いすがらんとする。

そんな俺に対し、ナイアという少女は建物の上を跳ねながら大きく舌打ちをした。

そして懐《ふところ》から何十枚かの札を取り出し、セイラムの空にブチ撒《ま》ける――！　え、なに⁉

「元の身体から回収した隠し札だ。ここで使わせてもらうぞっ――『急急如律令《きゅうきゅうにょりつりょう》』ッ！」

彼女が叫ぶや、全ての札から闇色の光が溢《あふ》れ出した。

光は空中で膨れ上がり、形を変え、巨体の『鬼』となって周囲一帯に降臨する。

って、えええええええなにそれぇえええええーーーーーー⁉　ちょっとナイアちゃん何出してるのぉ⁉

「ゆけぇ鬼どもッ！　そいつを殺せぇー‼」

『ガァァァアーーーーッ！』

一斉に俺へと向かってくる巨大鬼たち。

咄嗟にムラマサが一体の首を斬るが、次の瞬間には何体もの鬼が拳《こぶし》を叩きつけてくる。

それらを跳ねまわってどうにか避けるが、徐々に身体が動かなくなっていく。

「はぁッ、はぁー……！」

俺の肉体《からだ》に限界が来ていた。

炎の中で戦ったせいで、気付けば酸欠寸前だ。手足の関節には激痛が走り、筋肉は痛いを通り越して熱い。

おそらく皮膚を切り開いたら、断裂と炎症でグチャグチャになっているのだろう。

「――な、なんだこいつらはぁああ⁉」

「加勢をっ……うわぁああ⁉」

足元のほうから悲鳴が上がった。

民衆たちが巨大鬼の出現に戸惑い、踏み潰され――さらには駆けつけてくれた騎士たちが、虫を払うように叩き潰されていた。

『ガァアアアアーーーッ！』

嬉々《きき》として暴れまわる鬼ども。

何体もの攻撃をどうにか掻《か》い潜《くぐ》るが、もう駄目だ。もう死ぬ。

ムラマサの指令に対応できないほど、俺の肉体は壊れかけていた。

「はぁ、くそ……」

――器……嗚呼《アア》……――

ムラマサくんも諦《あきら》めムードだ。

俺の身体に自由が戻り始める。それと同時に、膝が崩れそうになる。

「身体、きっつぅ……！　もう駄目なのか……⁉」

平和に生きる夢も、お金持ちになる夢も、綺麗《きれい》なお嫁さんを貰《もら》う夢も全部叶《かな》わず、終わるのか⁉

あぁクソッ、こうなったら――――！

（せめて伝説になってやるッッッ！　最高にカッコいい死に様をして、教科書とかに載ってやらぁあああああーーー‼）


もう完全にヤケだった！

俺は肉体の限界を無視し、自分の意思で剣を構えた。

――ムラマサの支配力が残っているのか、武人としての覇気ある構えができた。鬼たちが一瞬戸惑う。


「悪よ、滅びろ……ッ！」

そんな鬼たちに言ってやる。街の連中にも、騎士たちにも聞こえるように。

最後まで『断罪者』の仮面を被《かぶ》って――――！

「さぁ来るがいいッ、悪鬼共ッ！　まだこのクロウは生きているぞッ！

俺の命が尽きぬ限りは、貴様ら悪が栄えることはないと思えッーーー‼」

雄叫びと共に自力で駆け出す！　鬼の頭上に跳ね上がり、その脳天にムラマサを突き刺した！

そのまま何度も何度も捻《ね》じ込むッ！

『グガァアアアアーーッ⁉』

絶叫を上げる巨大鬼。その叫びを聞き、他の鬼どもが飛びかかってきた。
そちらに対処する術《すべ》は……ない。
（はは……これでもう終わりだな。身体もマジで、限界だ）
それでも、俺は敵どもへ剣を構えた。
もう指一本動かせないのに、『断罪者』のフリをし続ける。
『ガァアアアアアアアーーーーーーッ！』
一斉に迫る殺戮《さつりく》の拳。
――そして、

「クロウくんッ！　私も共に、戦おうッ！」

光の刃が、迫る鬼共を斬り裂いた――！

第二十話 クソハーレムクロウくん！

『ガァァァアアアッ……⁉』

その瞬間、この場にいる全ての者たちが彼女を見上げた。

白き刃を手に、建物の上に立つ金髪の女騎士。その絶対的な存在感を前に、悪鬼たちすらもが呆然《ぼうぜん》と立ち尽くす。

「ずいぶんと、勝手をしてくれたな」

頭上より降り注《そそ》ぐ魔力の波動。

帝国最強クラスの存在が、光を纏《まと》いながら地上に舞い降りた。

――帝国魔導騎士団・副団長、『白刃《はくじん》のアイリス』。

この国でトップクラスとされる騎士の強さを、俺たちは見せつけられることになる。

彼女は静かに刃を構え、そして。

「輝くがいい――『白華皇刃《びゃっかこうじん》エクスカリバー』！」

次瞬、アイリスは光の斬撃《ざんげき》となった。

彼女の姿が掻《か》き消えた直後、閃光《せんこう》の軌道が鬼たちの周囲に発生。

そして一秒後。アイリスが姿を現すのと同時に、光の筋の中にいた悪鬼共はバラバラに崩れ去った……！

（って、一秒経《た》つ間に何体も斬《き》ったってことかよ⁉）

あまりの強さに唖然《あぜん》とする。まだまだ鬼たちは残っているが、彼女がいる限り、もう負ける気がしなかった。

いやマジで……アイリスさん、強すぎじゃねえ？

◆◇◆

そして――襲撃事件から、三日が経った。

ていうか経っていたってのが正しいか。アイリスさんが参戦した後、俺は意識を……うん、失おうと思ってたのに、大暴れした。いやさせられた。

アイリスさんが超高速で斬りかかったりなんかビーム出したりで、次々に葬《ほうむ》られていく鬼ども。

それを見た瞬間、ムラマサが〝嗚呼《アア》⁉　鬼ッ魂ッ我ノ！〟と騒ぎ、超無理やりに俺の身体《からだ》を動かしたのだ。

その結果、普段よりはもっさりながらも戦うことになった……！

幸い、アイリスさんが蹂躙《じゅうりん》したり他の騎士たちも奮闘してくれたおかげで、無事に戦い抜くことができたけどな。じゃなきゃ反撃されて死んでたっつの。

最後とかはもう俺もハイになってたから、アイリスさんと背中合わせで「国の平和は、俺たちが守る！」とか言ったら、彼女はめっちゃ瞳をキラキラさせてた。

騎士物語が好きらしいから、やっぱそういう燃えるシチュエーション憧《あこが》れてたんですねぇ～。


――そんなわけで戦闘後。いい加減に倒れた俺は、三日間も爆睡した末に治療院のベッドで目を覚ましたのだった。


「……それでクロウさん。全身筋肉断裂状態とかいうお医者さんもビックリなことになってたんですよ？　手足の骨も疲労骨折しかけていたそうですし、無理しすぎですって……」

「フッ……いくらだって無理はするさ。尊い命を助けることができるならな（ウソでーす。ホントはもう無理したくないデース）」

「きゅんっ♡」

で、今は。なぜか俺のベッドに潜り込んでいたヴィータちゃんと、重傷者同士お話し中ってわけだ。

いやぁ、お互いに元気そうでよかったねー。騎士団関係者と上流階級者のみが摂取していい『ポーション』様様だな。

千年前に比べたら医療技術はミソッカスになってるらしいが、ファンタジーの代物であるあの薬だけは当時から見てもすごいみたいだ。

飲めば治癒力が爆上がりし、外傷に塗れば十倍速で治るという代物だ。アイリスさんは気軽に俺にヌリヌリしてくれたが、市場に出回ればエグい値が付くそうだ。大胆だなぁあの人……。

「それでヴィータ。『ヴァンプルギス』の二人はどうなった？」

「あぁ……外地のほうに消えたまま、それっきりだそうです」

暗い顔をするヴィータちゃん。「私が役に立てなかったばかりにっ」と、俺の胸に抱き着いてきた（お兄ちゃんだと思われてるのかな？）。

ふーむ、なるほど……カレンとナイアには逃げられたか。またどっかで襲ってきそうだなぁ～イヤだな～。

「――聞いたぞクロウくんっ！　目が覚めたそうだな！」

と、そこで。病室のドアがズパァンッと開けられ、アイリスさんが顔を見せた。

彼女はすごーくキラキラした表情をしていたが、俺に抱き着くヴィータちゃんの姿を見るや、「うげぇええッ⁉」と蛇蝎《だかつ》を見るような顔で叫んだ。

「き、貴様、ヴィータ・フォン・カームブルッ！　貴様がなぜクロウくんに抱き着いているのだぁ⁉」

「あらァァァア！　ご無沙汰《ぶさた》してますアイリス先輩ッッッ！　『若い者同士』がイチャイチャしてるところに入ってくるなんて、ちょっと空気読めなくないですぅーっ⁉」

「はぁぁああぁーーー⁉」

ブチブチに切れるアイリスさんと、なんかめっちゃイキイキし始めるヴィータちゃん。

えっ、何が始まったんです⁉　ていうか二人とも、治療院なんだし静かにしない⁉

「おいヴィータッ、さっさとクロウくんから離れろ！　貴様のようなメスガキが一人前に女をアピールするなっ、殺すぞ！」

「きゃー怖いよぉクロウさぁーんっ！　あぁまったく、女をアピールする勇気のないまま発酵《はっこう》しちゃった最強騎士様はイヤですねぇ～～？

挑戦する若者に嫉妬心《しっとしん》からケチをつける。それって老害の始まりですよぉ～～？？？」

「ろッ、老害だとぉおおーーっ⁉　そこまで言われるほど歳《とし》食ってないわッ！

えぇいどけっ、本物の女アピールというのを見せてやるッ！　ぉ、おりゃぁー‼」

言うや否《いな》や、アイリスさんも俺のベッドに飛び込んできた！　って何やってんすかアンタぁ⁉

「フフフフフ……どうだヴィータ、私も負けんぞ？」

「うげッ、アイリス先輩のくせに大胆な……っ⁉」

「くせにってなんだ！　貴様、その口の悪ささえなければ可愛《かわい》がってやったのに……！」

「ふーんだっ、アイリス先輩に可愛がられたくなんてないですよぉーだっ！」

……左右から俺に抱き着きながら、バチバチと睨《にら》み合うお二人さん。柔らかくていい匂いのする幸せ空間のはずなのに、めっちゃ心が休まらない。

あぁ、傍《はた》から見たらモテモテ状態に見えるかもだが、ヴィータちゃんは命を助けたことから敬愛してくれてるだけだし、アイリスさんは負けず嫌いを発揮してこんなことになっちゃってるだけなんだよなぁ。

（恋する女の子は、緊張しすぎて相手と手を触れ合うこともできなくなると聞く。なら二人がこんだけベタベタしてくるのは、逆に男として見られてないってことだろうなぁ……）

「クロウくんは慎《つつし》み深いですからね。変な勘違いはしませんよ。

「クロウくんッ！　元気になったのなら、また街を歩こう！　お小遣いあげるから！」

「先輩は引っ込んでてください！　クロウさんは私と一緒に過ごすんですよねー⁉　お小遣いあげますから！」

（あ、これ男どころか子供扱いされてる……？）

なぜか「私のほうがお小遣い出せる！」と謎合戦を始める二人。

彼女たちは俺をプレスする勢いで挟み込みながら、至近距離でギャーギャーと互いを罵《のの》り合った。……アイリスさん、割と子供っぽい一面もあったんですね。

「ンンッ、クンクンクン……っておいヴィータ、クロウくんから貴様の甘い匂いがするんだが⁉　まさか貴様ッ、彼が意識をなくしてた間に全身をこすりつけてマーキングをッ⁉」

「はっ、はぁぁあああッ⁉　そそっ、そこまで変態じゃないですしぃー‼

そんなこと言ったらアイリスさん。今思い返したら、クロウさんに押さえつけられた時、この人の全身からアナタの匂いがしてたんですけどっ！　アレはどういうことなんですかぁ⁉」

「うっ、うるさい黙れ変態！」

舌戦をさらにヒートアップさせていく二人。話の流れがよくわからんが、お互いに「変態！」「変態！」と言い合い始めた。何だこの二人。

思わず顔を背《そむ》ければ、病室の隅っこに立て掛けられていた鬼畜ソードが目に入って……、

——器！　起床！　魂！——

（あーはいはい、お前はマイペースだねームラマサくん！）

相変わらず鬼畜ソードは鬼畜ソードだった。かなり腹が減っているのか、ブブブブブブッとひとりでに震えている。おまえそんなことできたの？

「しっし！　クロウくんに寄るな淫行《いんこう》ロリっ！」

「アナタこそクロウさんから離れてくださいよ性欲モンスター!!」

——魂ィ！——

……こうして女騎士二人＋バイブレーションする刀に騒がれ、俺は治療院から早々に追い出されることになったのだった……！

第二十一話　激戦は明けて

――それは、『北方都市セイラム』襲撃後のこと。

灼熱《しゃくねつ》の女剣士カレンと、灰髪の少女ナイアは、仄暗《ほのぐら》い洞窟の中を支え合うように歩いていた。

共に満身創痍《まんしんそうい》の身。天井にぶら下がった蝙蝠《こうもり》たちに見下ろされながら、ゆっくりと足を進める。

「ケッ、あのクロウとかいう若造にはやられたよ。……ありゃ傑物だ。『ヴァンプルギス』にとって無視できない相手になるね」

「あぁ、オレはもう二度とアレには関わりたくないぞ。ヤツは化け物だ……正面からやれる相手じゃない」

片や引き締めた表情で、片や忌々《いまいま》しげな表情で、クロウの存在を語る二人。

――なお本人は傑物でも化け物でもなく、魔剣に操られているだけの内面残念野郎だったりするのだが。

そんなことも知らず、お互いに次は気を付けようと頷《うなず》き合うのだった。

「『白刃《はくじん》のアイリス』と同じく、ヤツにも注意するとして……にしてもナイア、アンタってば今回はずいぶんとカワイイ姿になったもんだねェ？　最初は誰かと思ったよ」

ふとカレンは、十年来の付き合いになる幹部仲間の容姿を見た。

チンピラめいていた以前とは違い、どう見てもそこらへんの小娘だ。共通点があるとすれば、性格のキツさから自然と吊り上がってしまった狐目《きつねめ》くらいだろう。

「ええい見るなっ！　馬鹿め馬鹿め！」

相方からの生暖かい視線に、ナイアは恥ずかしげにそっぽを向く。

「チッ、緊急事態だったのだから仕方ないだろうが。オレとて女の身体《からだ》など願い下げだ。……まぁ才能があるなら別だがな」

「え、才能あるならいいのかい……？」

思わぬ返しに引くカレンに、ナイアは「当たり前だろう」と答える。

彼女（？）は頰を赤らめると、うっとりとした表情で語り出す。

「恥ずかしくはあるさ。だが、それで『嚮主様《きょうしゅ》』のお役に立てるならオレは本望だ……ッ！彼が創り上げる輝かしき未来の礎《いしずえ》になれるならッ、オレはどんな恥辱も受けようッ‼」

「うわぁ出た。相変わらずの狂信者っぷり……」

「うわぁとはなんだ！　失礼な女めっ！」

プンスカと怒るナイア。そんな彼女（?）の手首に嵌《は》められた石の腕輪を見て、女剣士は目を眇《すが》める。

（……『灰殺生石《はいせっしょうせき》タマモノマエ』。つくづくぶっ飛んだ魔導兵装だねぇ）

かの腕輪の能力。それは『魂の保存』と、『肉体《からだ》の略奪』だ。

装備者の魂は身体ではなく腕輪に込められることになり、それを別の者に着けることで、その存在を乗っ取ることができるのだ。

ナイア曰《いわ》く、〝心も身体もボロボロなヤツのほうが、抵抗なく肉体を奪える〟とのこと。まったく悪趣味極まりないとカレンは溜《た》め息を吐《つ》いた。

「ちなみにアンタ。いきなりぶっ殺された後、死にかけの町娘にこっそり乗り移ったそうじゃないか。元の身体は死んでるのに、どうやって腕輪を着けさせたんだい？」

「む、言ってなかったか？　オレ、腕輪だけの状態でも震えるくらいはできるのだ。それで、ブブブブブッて震えながらこの女の身体に近づいてだな……」

「うわキモッ」

「キモとはなんだッ⁉」

洞窟内に響く怒声。驚いた蝙蝠たちが一斉に羽ばたいた。

「カレンッ、だいたい貴様は鬱主様を舐《な》めてるんじゃないかぁ⁉」

「いや、普通に敬愛してるしビビッてもいるさ。……あの人との付き合いは二十年近くなるからねぇ。十年前に拾われたアンタと違って」

「ぎゃあああああああ羨《うら》やましぃいいいいいいいいい――――――ッ！」

言い合いつつも仲睦《なかむつ》まじげに歩く二人。大都市を滅ぼしかけたテロリストたちであるが、傍《はた》から見たら姉妹にも見えるほど砕けた空気を醸《かも》し出していた。

そうして、彼女たちが洞窟の中腹までやってきた――その時。

「よぉ二人とも。無事に帰ったな！」

一匹の蝙蝠が視界を横切り——不意に彼女たちの『世界』が変わる。

地を踏んでいた足は、いつしか紅《あか》いカーペットを踏み締めていた。

目の前に広がる光景は、暗き洞窟から厳粛たる玉座の間に切り替わった。

そして、

「……って、全然無事じゃねえなお前ら。カレンは開きにされかけてるし、ナイアは……なんか可愛《かわい》いことになってんなぁオイ」

困惑の言葉が耳朶《じだ》へと入る。粗野な口調でありながら、こちらの身を案じていることがわかる声音だ。

気付けば二人の眼前には、玉座に坐《ざ》した壮年の男がいた。

ああ——彼こそは……。

「「ただいま戻りました、嚮主様」」

二人は即座に片膝をついた。傷も厭《いと》わず、恭《うやうや》しく頭を下げる。

そんな彼女らに男はたじたじだ。「挨拶してる場合かおめぇら!?」と慌《あわ》てて玉座から駆《か》け寄ってくる。

「ンなもんいいから治療受けてこいや。特にカレン、おめぇヘタに動くと内臓こぼれっぞ?」

「……だからって礼を欠くわけにはいかないよ。なんたって組織のボス、『嚮主ヴォーティガン』サマが相手なんだからね」

そう。彼こそは『黒芒嚮団《こくぼうきょうだん》ヴァンプルギス』の指導者・ヴォーティガンである。

一見すれば元美丈夫といった風体の男だ。

美貌《びぼう》を誇ったのはすでに昔。肌は水気を失い、無精髭《ぶしょうひげ》は生え、目元には皺《しわ》も刻《きざ》まれ出していた。

無造作に伸びた長い髪は、煤《すす》けてしまった無様《ぶざま》な金色。まるで群れを追われた老獅子《ろうじし》のような、そんな印象を与える男だった。

――だが、カレンは決して侮《あなど》らない。冷や汗すら掻《か》きながら彼と接する。

（最初はアタシも騙《だま》されかけた。ただの気のいいオッサンかと思った。でも、違う）

何せ『四方都市』の襲撃作戦を計画したのは、この男に他ならないのだから……！

目の前にいるのは本物の破壊者だ。そう戒《いまし》めて、下げる頭をさらに深くする。

「おぉいカレンちゃんっ、だから頭下げなくていいって！　内臓出そうだし、あとおっぱいもちょっとこぼれそうだぜぇ⁉」

「別に胸くらい見えてもいいさ。どうせ火傷《やけど》まみれだし……」

「ちょっ、そういう重いこと言うなって⁉」

「……なぁナイア、おめぇもカレンになんか言ってくれよ。この子、妙に俺にカタいっつーかよぉ……」

傍《かたわ》らの少女（？）へと助けを求めるヴォーティガンだが、次の瞬間ぎょっとする。

ナイアの目から滝のような涙がこぼれ、足元に水溜《みずたま》りができていたからだ。

「もッ、申し訳ありませんでした嚮主さまぁぁあああッ！　予想外の強敵に邪魔されッ、セイラムを落とすことに失敗いだじまじだぁぁあああーーーッ！」

ナイアは主君の足に組み付くと、そのままビエェェェエッと激しく咽《むせ》び泣いた。

「お、おいおいナイア……⁉」

おろおろと戸惑うヴォーティガン。今度はカレンに助けを求めようと思うも、そちらもさらに深く頭を下げていた。

傷から腸を覗《のぞ》かせながら、「すまなかった、完全に負けた」と謝罪する。

……傷だらけの女二人に詫《わ》びられ続ける、なんとも気まずい光景が目の前に広がった。

「はぁー……ったくお前らはよぉ……」

ヴォーティガンは大きく溜め息を吐くと、二人の首根っこを引っ張りあげ、無理やりに姿勢を正させた。

そして彼女らの肩を叩《たた》き、まっすぐに視線を合わせる。

「……任務に失敗したと言ったな。そりゃあ反省すべきだ。仲間たちから責められると思うが、罰と思ってまぁ耐えろ。今日のお前らは敗北者だ」

男は二人を甘やかしはしない。失敗した事実をきっちりと突き付ける。

だが、不意に彼はニッと笑うと、彼女たちの頭を乱暴に撫《な》でた。

「うわっ⁉」「嚮主様⁉」

「けどまぁ安心しろやお前ら！　残念ながらセイラムは落とせなかったみたいだが――」

ヴォーティガンは、楽しげに言い放つ。

「――他の三都市は全壊させた。帝国はこっから、グチャグチャになるぜぇ……！」

◆　◇　◆

「おいっ、『白刃のアイリス』様と一緒にいる、あの黒髪って……！」

「ああ、鬼どもと戦ってくれた……っ！」

「黒魔導士集団を何十人も倒したらしいぞ⁉」

――襲撃時間から三日目。治療院を追い出された後のこと。

俺はアイリスさんに連れられて街を歩きながら、心からこう思った。

（まっ、まずいいいいいいいーーーーーーーッ！　注目を集めすぎたぁあああーーっ⁉）

そう。もうどこに行っても俺の活躍を知る人たちがめっちゃ見てくるのだ。

っていやいやいやいやいや駄目ですよこれは。この注目のされ方は本当にまずい。

彼らは俺を、『実力者』として高く評価していた。いやそれアカンて！

（俺は一般人だ。ちょっと身体を鍛えてきただけで、戦闘技術なんてろくにない雑魚《ざこ》だ。強敵と戦えるのは、『黒妖殲刃《こくようせんじん》ムラマサ』に操られてるからなんだ）

改めて自分に戒める。死を覚悟した時には我武者羅《がむしゃら》に戦おうとしてしまったが、俺は素人に過ぎないんだと。

で、だ。今後騎士になるとして、俺の評価が世間から高いものであってみろ。絶対に色んな人たちからこう言われるだろう。

――『クロウくん、強いんだから大犯罪者やヤバい魔物を狩ってきてよ』と！

（ってアカンッッッッッ！　そんなのヘタすりゃ死んじゃう死んじゃう！）

実際に今回はヤバかった。何連戦もさせられて、マジで死にかけた。

そんで『死ぬくらいならカッコよくキメてやらぁ！』と群衆の前で盛大に断罪者ごっこをした結果がコレだ。

（はぁぁぁぁぁ。今回の件に加えて、『伝承克服者』とかいう魔装備にも惑わされない存在だと思い込まれてるんだろ？　俺そんなんじゃねぇよぉ……今だってムラマサを必死で抑えてるしぃ……）

哀《かな》しい気分になりながら、柄《つか》を押さえる手に力を込め直す。

……流石《さすが》に悪者集団＋鬼どもを百近く斬《き》ったことで、ムラマサくんも完全には空《す》きっ腹になっていなかったらしい（たまに『ウププッ……ゴクンッ』と変な音を鳴らしてる。キミ魂を反芻《はんすう》してるの……!?）。

しかしコイツの燃費の悪さは折り紙付きだ。すでに魂ッ魂ッと騒ぎ出しており、プチ操作状態に入っている。必死で刀を抑えておかないと抜きかねない。

アカン、手が疲れてプルプルしてきた……。

（あぁもう、俺ってばどうしてこんな大変なことに……）

そう悲観していた時だ。不意に俺の震える手に、白く美しい手が添えられた。

「クロウくん。キミは本当に優しいな」

気付けば、隣を歩いていたアイリスさんが『わかるよ』って表情で俺を見ていた。え、なに⁉

「その悲しげな表情と、わずかに震える手を見ればわかる。——悔《く》いていたんだな、全ての民衆を助けられなかったことに」

「あぁ……（違うよ⁉）」

あ、そういうふうに思っちゃったのね！

いや確かにみんな救えるに越したことはないけど、あんな大集団に街に入られちゃった時点で無理でしょ！　絶対誰か死ぬって！

そもそも犯罪者たちが外地からじゃなく、平和なはずの内地から来るのがおかしいだろ。

……まぁそんな考えが一般的だから、門番たちもテキトーに通しちゃったんだろうけどさぁ。

「クロウくん。これからヒュプノに様々なことを話されるだろうが、先にこれだけは言っておこう。——このレムリア帝国は今、大変な危機を迎えている」

あぁですよねぇ。他の四方都市にも襲撃がかまされただろうし。

まだ情報は流れてないが、一つや二つは落とされてるかもだ。それに他の都市も内地から侵入されたんだとしたら、もう帝都安全説はボロボロだよ。誰が犯罪者を招き入れ、どうして今まで存在に気付かなかったんだって話になる。

「それで、だ」

アイリスさんはかしこまると、意を決したように、俺へとこう言ってきた。

「しばらくは仕事で離れればなれになるだろうが……先に返事だけはしておこう。

――私も、キミが大好きだよ、クロウくん……っ！」


え⁉


唐突に放たれた衝撃の発言。周囲の人たちが一気にざわつく。

そらそうだ。あの有名人なアイリスさんが大胆告白したら、そりゃぁみんなビックリするだろ！

てゆーか俺が一番驚いてるよ！

ええええええええーーーーー⁉

(ちょっと待てよッ……あー、ハイハイハイ！　告白ってアレのことか！　二人で買い物してる時、俺がこの人に『師匠として』大好きだって言ったヤツ！)

……まぁうっかりしたことに『師匠として』ってセリフ部分が抜けてしまったが、今までのやり取りや話の流れからわかってくれているはずだ。

つまりアイリスさんも、俺に対して『弟子として』大好きだって言ってくれてるわけだな。

(ふぅ……俺ってば一瞬、恋愛的な意味で言われてるのかと思ったぜ……)

そんなわけないのになぁ。

出会った時に彼女を『純白の華』とか言ったくらいで、その気にさせるような言葉は一切《いっさい》言ってないし。

そもそも会ってからまだ数日だぞ？　それで俺に惚《ほ》れちゃうなんて、女心にクリティカルヒットな言動をしまくってない限りは無理だろ。俺そんなのわかんないし……。

あとアレだ。

「アイリス……民衆の前で、そんな大胆にだな……」

集まる視線にむず痒《がゆ》くなる。仏頂面《ぶっちょうづら》の俺だが、心なしか顔が熱くなっているのがわかった。

いやマジでアイリスさん、なんでこんなところで言ったわけ⁉

しかも俺と同じく『弟子として』って言葉が抜けてるし。これじゃ勘違いされちゃうだろ⁉

——そう恥ずかしがる俺に、彼女も頰を赤らめながらも、フッと悪戯《いたずら》そうな笑みを浮かべた。

「キミも街中で言ってきただろうが。要するに、ちょっとした仕返しってわけだよ、クロウくん？」

「っ……⁉」

あー……そういうことかぁ……！

公衆の面前で言ってきたのも、あえて勘違いさせるように言葉足らずにしてきたのも、仕返しってことだったかぁ。全部わざとかよ。

おいおいアイリスさん、なんて小悪魔なんだ。天使かと思ったらこんな子供っぽい真似《まね》をしてくるなんて、光と闇が合わさって最高すぎかよ。

「さっ、ヒュプノが待ってるぞ。さっさと行ってやろうか」

「ああ」

してやったりという顔の彼女と共に、騎士団支部を目指す。

こうして俺たち仲良し師弟《ふたり》は、セイラムの街を共に歩いていくのだった。

◆◇◆

襲撃により、騎士団支部はほとんど全壊していた。

そのため支部近くの建物が貸し切られ、俺とアイリスさんはそこの一室でヒュプノと会うことになった。

安物の椅子に腰かけ、三人で机を囲む。

「さて話を……って、なんだかアイリスから幸せオーラがすごいんだが」

「ふふっ、気のせいだぞヒュプノよ」

最強女騎士様の様子に苦笑するヒュプノさん。たしかにお花とか出てそうな感じだもんな。

対照的にヒュプノさんのほうは疲れ気味だ。出会った当初ほどではないが、あまり余裕はなさそうだった。

あとこの人、カレンって女剣士にもボコられてたよなぁ？　大丈夫？

「カレンとの戦いで傷付いていただろうに、平気なのか？」

「ああ、心配ご無用だよクロウくん。重傷を負う前にキミが助けてくれたからね。……それを言うなら、キミこそ身体は辛《つら》いだろうに。悪いことをしちゃったよ」

急に謝ってくるヒュプノさん。え、どしたのどしたの？

「医者にはこう伝えていてね。もしもクロウくんが動けるようになったら、すぐにこちらに寄こしてくれって」

えっ、あー……だから俺ってば早々に追い出されたのか。

そりゃ来客人がちょっと騒いだくらいじゃ、目覚めたての患者をほっぽり出すわけないもんな。

そういうことか。

「さてクロウくん。まずは我が国の状況について伝えようか」

彼（？）は改まった態度で、「市民にはまだ伝えないように」と前置きしてきた。

そして、

「包み隠さずに言おう。――セイラム以外の四方都市は、全て『ヴァンプルギス』に破壊された。今や安全圏と呼ばれた内地にも、魔物どもが流れ込んできている」

「……本当か」

ってマジかよ、マジで国家存亡の危機じゃねーか⁉

内心戸惑う俺に、次はアイリスさんが状況を語る。

「紛《まぎ》れもない事実だ。襲撃事件後、実際に私は各都市を確認しに行った。

――我が魔導兵装、エクスカリバーの逸話は『光の放出』。溢《あふ》れ出るエネルギーを推進力とすれば、駿馬《しゅんめ》よりも速く移動できるからな」

自慢げに胸を張るアイリスさん（おっきい）。

なるほど、鬼どもを倒した時もすごい速さで斬ってたもんな。

各都市までは馬で何日もかかるはずだが、彼女からすれば訳ないってことか。

「本題に戻るぞ。

その後、帝都にも状況を伝えた。現在、騎士団本部は帝都周辺に部隊を展開し、魔物どもを迎撃する態勢を取っている。

……だが魔物どもは狡猾《こうかつ》だ。馬鹿正直に帝都に突撃するモノは少なく、多くの連中は内地のどこかに巣を作ったり、下水道などからこっそりと侵入を試みることだろう。そいつらの探索と殲滅《せんめつ》もせねばならん」

色々とやる事が多い、と。アイリスさんはちょっと疲れたように言った。よく見れば髪も乱れたりしている。

ふむふむ……話からしてアイリスさん、俺が寝ている間にも働きまくってたみたいだな。

すごい機動力を持っていたって彼女は人間だ。ぶっ続けで動き続ければそら疲弊《ひへい》するだろう。

俺と出会った時にも、不意を突かれて殺されそうになっていたそうだしな。

「襲撃犯どもの捜索もしたが、どいつも不可思議なくらいに痕跡《こんせき》が途切れており捜すのは困難。……このセイラムを守りきれたこと以外は、帝国側の完全敗北だよ」

彼女は大きく溜め息を吐いた。幸せオーラは鳴りを潜《ひそ》め、疲労感と敗北感を溢れさせている。

そっか……そんな状況だったのか、この国って。ここからさらに『ヴァンプルギス』の攻撃があるかもしれないとなると、マジでやばいな。

「――さぁて。アイリス副団長はこの通りお困りだ。それでだねぇクロウくん？」

と、そこで。ヒュプノさんは一つのケースを机の上に置いた。

彼（？）がそれを開くと、そこには純白の衣装が……！

「これは……」

「そう、魔導騎士の正装さ。

……魔導騎士になるのは本来、帝都で試験やら面接やらを受けた後、皇帝陛下に対する忠誠の儀を行わないといけないんだけどね。

でも状況が状況だから、そこの副団長と『ブラックモア団長』が陛下に無理を言ったわけ。〝使える人材はすぐに使えるようにしろ〟ってね。もちろん僕も推薦状を書いたさ」

その結果がコレだと、ヒュプノさんは軍服を手に持った。

さぁ立ちたまえと言われ、それに従う。

「だいぶ渋られたけど、どうにかオーケーは貰《もら》えたそうだよ。――『その者が皇族に背《そむ》く言動をした場合は、推薦者たちごと即刻処分』『実力不足である場合も処分』『最低の六級騎士スタートであること』、って条件を付けられたけどね。でもクロウくんなら大丈夫だろう。ねぇアイリス？」

「ああ。私たちはキミを信頼している」

信頼の眼差《まなざ》しでこちらを見つめるヒュプノとアイリス。

彼女たちは頷き合うと、二人で制服の上着を広げた。そして、俺の背中に外套《がいとう》のように羽織らせる。

「任せたよ、クロウくん」

「キミは今日から、騎士の一人だ」


白く穢《けが》れない生地がはためく。

かくして俺は彼女たちと、まだ見ぬ騎士団長の信任により、魔導騎士となったのだった。

「……そうか、俺が騎士に」

――思わぬ特例に戸惑ってしまう。だが、俺は珍しくやる気だった。

なにせクロウくんだって男だからな。バトルは嫌だが、大好きなアイリスさんが傷付き倒れてしまうのはもっと嫌だ。

どうせムラマサのせいで戦いからは逃れられない運命なんだ。ならば騎士として任務をこなし、間接的にでも彼女の負担を減らしたい。これは俺の本心だ。

「任せてくれ。我が剣を以《も》ってこの国と、アイリスのことを守ってみせよう」

「ンなっ⁉」「わぁ〜見せつけてくれるねぇ〜!」

赤面するアイリスさんと、ひゅーひゅーと持て囃《はや》してくるヒュプノさん。

臨時の応接室の空気が明るくなる。いつか平和を取り戻したら、今度はヴィータちゃんも誘ってみんなで楽しく過ごしたいものだ。

（よぉ～し、騎士として頑張るぞぉ……！）

珍しくやる気になる俺。

それはアイリスさんを助けたいって理由もあるが、実はもう一つ……。

（『最低の六級騎士スタートであること』。皇帝陛下、なんてナイスな条件を付けてくれたんだ。おかげで安心して騎士になれるってもんだぜ）

そう。俺はそこに安堵《あんど》していた。

俺のムラマサ操作モードの強さを鑑《かんが》みれば低すぎる評価だ。もしかしたら嫌がらせかもしれない。

だが、最低クラスってことはヤバすぎる任務も与えられないってことじゃないか？

（フフフ、雑魚狩りだったらどんどん引き受けてやるぜ。筋肉痛にはなるだろうが、命の危険がなさそうな相手ならいくらでもやってやるぜ）

ムラマサに操られてる時の俺に隙はないからな。不意を突かれることはないから、雑魚狩りならばバッチこいだ。

それで他の騎士の手が空いて、結果的にアイリスさんにラクをさせてくれれば――と。俺がそう思っていた時、

「あぁクロウくん。キミに渡すのは制服だけじゃないよ？」

「なに？」

ぱんぱんと手を叩くヒュプノさん。すると何人かの職員さんたちが、トレーを押しながら部屋に

入ってきた。

その上には、禍々《まがまが》しい装備の数々が……！　え、ええっ⁉

「キミが騎士になってくれたことで、ようやく騎士団保有の魔導兵装たちを手渡せるよ。まぁ、どれも呪《のろ》いが強すぎる問題児たちなんだけどねー。でもキミは『伝承克服者』だからいけるでしょ！」

え……あの、それって勘違いで……！

「あと、アレも伝えておこうかアイリス？」

「うむ！」

アイリスさんは「喜ぶがいい！」と言って、俺の肩をバシバシ叩いた。

「皇帝陛下は武闘派貴族とベッタリだからな。第二の私を生み出すことを嫌がり、キミに雑魚狩りしかできないような最低のランクを押し付けたが……これを見ろ！」

アイリスさんは胸元から一枚の封書を取り出してきた。

そこには、ブラックモア団長とやらの名の下に、こう記してあった。

「『アイリス副団長の弟子であること、襲撃事件時の活躍、そして伝承克服者であることを評価し、階級以上の任務を受けることを許可する』とのことだっ！　やったなクロウくん、平和のために戦いまくれるぞッ！」

（えええええええええええええええええ⁉⁉⁉⁉）

なっ、何やってんすか団長さんッッッ⁉　完全に余計なお世話なんですけどぉおおーーーーっ⁉

「団長から難しい任務もいくつかもらってきたから、まずはそれをこなすがいい！『断罪者』として嬉《うれ》しい限りだなぁっ！」

「頑張りたまえよ！　ほら、『伝承克服者』として呪いの装備も持っていくといい！」

笑顔で俺に任務の書類を渡してくるアイリスさんと、禍々しい兵装の数々を押し付けてくるヒュプノさん。

嬉々《きき》とした彼女たちに迫られながら、俺は心の中でこう叫んだ。

ど、どうしてこうなったぁああーーーーーーーっ⁉


地獄確定、クロウくん――ッ！

第二十二話　DV彼氏から逃げられない女、クロウくん！

――魂ッ！　魂ッ！　魂ッ！――

「おーんおんおん……！　ムラマサくん、常に全力疾走《しっそう》させるのやめてよぉ……！」

――黙レッ！――

「んんんんん!?!?!?!?!?」

騎士に任命されてから一日。俺は内地の森林の中を、泣きながら駆《か》けていた。いや駆けさせられていた。

まぁそれはいつものことだからいいとして（※よくない）、ここが内地か。壁の中とは思えない広さだ。

アイリスさん曰《いわ》く、端から端まで行くには馬で一週間はかかるとのこと。

大昔の人はそれだけの土地を壁で囲み、内部から魔物を一掃することで、人類の『安全圏』と呼べる場所に作り替えたそうだ。すごいね。

そんな場所なのだが、しかし。

『グルルル……ッ！』

感じる。薄暗い木々の中、多くの魔物がこちらを見ているのを。

――今や安全神話は崩れ果てていた。

崩壊した三都市から魔物たちが雪崩《なだ》れ込み、あちこちに潜《ひそ》む事態となっていた。

「……魔物ってのは人間殺すの大好きだからな。人類たっぷりな内地に行けると知って、あっという間に集まってきたんだろうなぁ」

多くの神話や伝承では、魔物は人間に害なす悪役だ。

物語の中の姿かたちだけでなく、そんな役目まで現実化してしまったことで、連中は『趣味が人殺し』と言えるような極めて有害な生物となっていた。クソがよぉ。

「こんなヤツらなら殺しまくっても罪悪感ないからいいよなぁ。――じゃあお前ら、やっちゃってくれ」

バトルモードに入る俺の肉体《からだ》。

俺は大きく跳び上がると、上着の内側から何本もの黒いナイフを抜き、周囲に潜む魔物たちへと投擲《とうてき》した！

『ギャギィンッ!?』

犬のような悲鳴が上がる。

攻撃を受けて茂みから出てきたのは、人狼《じんろう》型の魔物『ワーウルフ』の群れだった。

高い知性と身体能力を誇る厄介《やっかい》な魔物だ。身体《からだ》を覆う体毛もあり、ナイフを刺されたくらいではどいつも倒れはしなかった。

『グッ、ガァァァァアアーーーッ！』

痛みに怯《ひる》むのも一瞬のこと。連中は怒りを露《あら》わに、俺に飛びかからんとするが――、

「刺さった時点でほぼ終わりだよ。吸っちまえ、ダインスレイブ」

〝血ィ！〟

次の瞬間、人狼どもがガクッとその場に膝をつく。

血走っていた目から赤みが抜け、動きが一気に鈍くなった。

――対照的に、こちらの身体には力が漲《みなぎ》る。

「『紅血染刃《こうけつせんじん》ダインスレイブ』。その逸話は、『吸血』と『闘争の激化』。獲物の血を吸ってこっちを強化してくれるってな」

今は色々あって黒くなったから、『黒血染刃ダインスレイブ』と呼ぶべきか。

真っ二つにされた大剣は、ヒュプノの手により47本のナイフに姿を変えていた。

女剣士カレンのヤツが持ち手側を持って行ってしまったため、ダインスレイブのオリジナル部分が減って弱体化しているという話だが、それでも相手を弱くしてこっちを強くしてくれる能力は便利だ。

『ウッ、ウガァァアアーーッ!?』

俺はムラマサを引き抜くと、超高速で人狼どもを斬《き》り刻《きざ》んでいく。相変わらず容赦《ようしゃ》なしだなぁ。

そこで、ナイフに刺されるのを免《まぬが》れたワーウルフどもが、これは敵《かな》わないと逃げていった。

強靭《きょうじん》な四肢《しし》で大地を蹴り、あっという間に見えなくなっていく。だが、

「どうせ逃がさないんだろ、アイトーン」

〝肝臓ォオオオッ！〟


次の瞬間、左腕の袖口から黒い鎖が飛び出した。

まるで嘴《くちばし》のように尖《とが》った先端が宙を翔《か》け、逃げるワーウルフどもの腹部を次々と貫《つらぬ》いていく。大絶叫が森の中に響き渡った。

「『黒拷縛鎖《こくごうばくさ》アイトーン』。その逸話は『捕縛』と『肝臓抉《えぐ》りの拷問《ごうもん》行為』。マジで趣味の悪い兵装だよなぁ……」

元々はプロメテウスって神様に与えられた罰の内容が色々セットになった鎖らしい。

普段はチェーンブレスレットでしかないんだが、獲物を見るやこの通りだ。

どういう原理かメチャクチャ伸びると、肝臓目掛けてまっしぐらってわけだ。まぁ、俺もホルモン好きだしいいんじゃない？

「さて、ここからどうするの――っとぉ⁉」

相変わらず勝手に動く俺の身体。

ダインスレイブからもらった血液チュッチュエネルギーを腕に集約させると、貫かれたワーウル

フどもを鎖ごと引っ張った――！

『ガァァアアッ⁉』

「ふんぎぎぎっ⁉」

あまりの重さに腰からビキッと音がしたが（ギャーッ！）、そんなもん知るかとばかりに鎖を宙に跳《は》ね上げる。

釣り上げられた魚のように舞い上げられるワーウルフども。これで逃げることはできなくなった。

そして、

「トドメはお前かぁ、アーラシュ……！」

〝散華ヲ！〟

鎖を袖まで戻した俺は、大口径の漆黒《しっこく》の銃を引き抜いた。

銃口に闇色の光が集まる。俺はものすごく嫌な気分になりながら、ワーウルフどもへ照準を合わせ……、

「頼むから一発で、みんな死んでくれぇええーーーっ！」

トリガーを引いた瞬間、極大の破壊光が空へと放たれた――！

それはワーウルフどもを纏《まと》めて呑《の》み込み、一瞬にして塵《ちり》へと変えてしまう。

ものすごい威力だ。一見すれば、超強い兵装に思えるのだが……。

『黒業死銃《こくごうしじゅう》アーラシュ』。その逸話は『殲滅《せんめつ》』と……うわッ⁉」

銃を持つ手が捻《ね》じられる。敵を捉《とら》えていた銃口が俺のほうへと向けられ、引き金に力が込められていく。

――これがアーラシュの逸話。『殲滅後の自滅』だ。元は弓だったこの兵装は、高威力の代わりに使い手に死を迫るのだ。

マジで性格が悪すぎる。何が楽しいんだよお前⁉

〝射手ノ恐怖！　自殺ヘノ絶望！〟

「死んでくれぇ！」

わあああああクソでっぽうにころされるーーーーっ！

こうして、あと一ミリでもトリガーを引かれれば死んでしまう状態になったのだが……、

――眷属《ケンゾク》アーラシュ！　器　破壊　禁止ッ！――

ムラマサの意思が介入する。

捻《ひね》られていた手がさらに捻られ（ギャーッ！）、どうにか俺を狙うのをやめてくれた。

震える腕が銃をホルスターに戻したところで、ようやく身体の自由が戻った。

「マ、マジで死ぬかと思ったぁ……！」

ホッとその場にへたり込む。敵である魔物ではなく、武器に殺されかけるとか最悪だ。

こんな職場環境イヤじゃぁ……！

「んー……とりあえず、一つ目の任務は完了かなぁ……」

胸元から一枚の書類を取り出すと、ちょうど『100／100』と記されたところだった。

騎士団長から届けられた任務書の一枚で、『知性の高い人型種を放置すると厄介だ。コレを百体討伐《とうばつ》せよ』と書かれたものだ。

呪符《じゅふ》の技術で作られたモノらしく、文字がグニャグニャして討伐数をカウントしてくれるのだ。すごいね。

「はぁぁ……でもまだ任務は残ってるんだよなぁ。こんな呪《のろ》いの装備まみれでやっていけるのかよ……」

不安すぎて溜《た》め息が出る。すると鬼畜ソードのムラマサが珍しく、励ますようにブブブッと震えた。

――我、眷属、統率！　安心！――

「いや、さっき殺されかけたんですけどねぇ……!?」

何が安心なんですかねぇこの野郎。

ムカついたので、そのへんに落ちていたワーウルフの野糞《のぐそ》にムラマサを突き刺してやろう……と思ったが、やめた。前にトイレにブチ込もうとしたら身体を操られて首を斬られかけたからな。

あとさっきは自害させられかけたが、精神的には侵されていないのは事実だ。

欲望の声は聞こえるけどそれだけ。一応、ムラマサは俺を守ってくれている。

でもなぁ～……。

「おいムラマサ。お前のおかげで問題児たちは扱えてるわけだけど、そもそもコイツらを手にすることになったのって、お前のせいだからな？」

そう叱りつけるも、ウンともスンとも応えないムラマサくん。完全に無視してやがるよコイツ。

その対応にイラッとしながら、俺は先日のことを思い出した。

◆
◇
◆

俺が魔導騎士になった日のこと。ヒュプノさんは嬉々《きき》として、俺に呪いの装備を渡してきた。

「というわけでまずはコレ！　『紅血染刃ダインスレイブ』×47本！　カレンとの戦いで折れちゃった刃のほうを、大量のナイフにしてみたよ！」

ドヤ顔で胸を張るヒュプノさん（薄い）。

彼（？）とは対象的に、職員さんが泣きそうな表情でトレーを突き出してくる。そこには血煙のようなオーラを出す刃物の数々が……ひえええええ⁉

「憎悪に満ちたカレンの手に渡ったことで、凶暴さを取り戻しちゃったみたいだね。

でも『伝承克服者』クンなら問題ないだろう！　さぁ、制服の内側にポケットを作りまくったから、そこに仕込んでね！」

「おい、ヒュプノ……」

いやヒュプノさんっ、その『伝承克服者』ってのは勘違いなんですって！　だからそんなの受け取れませんって!!

そう俺がぶっちゃけようとした時だ。不意にムラマサがブブブッと震えた。

――戦力！　強化！　魂捕食効率化！――

俺の腕が完全に支配され、ナイフの数々を次々に両手に取っていく！

そしてそれらを宙に放り投げると、俺は上着を勢いよく広げた。落ちてくるナイフたちが、ヒュプノの作った仕込み場所に見事に収まっていく。ヒュプノが「お～！」と歓声を上げた。

（ってムラマサさん何カッコつけた仕舞い方してんすか!?　あと、凶暴性を取り戻してるって話なのに、受け取ったら――うッ!?）

そこで、ドクンッと魂が震えた。

俺の脳裏に青白い塊《かたまり》が浮かぶ。これが俺の魂なのだろう。

ソレに向かって大量の紅刃《こうじん》が向かっていく。『血ッ、血ヲ！』と叫びながら、切っ先を俺の魂に刺そうとしていた。きっとムラマサみたいに俺を呪う気なのだろう。

そんな異変が起きていることも知らず、ヒュプノさんは笑顔で「これとこれも！」と言ってくる。

「さぁさぁクロウくん。アイトーンとアーラシュも身に着けてくれるかな!?　この二つはとても凶悪で、片や肝臓を貪りたくなって、片や撃ったら死にたくなるっていうトンデモ兵装たちなんだよね～」

（ってなんだそのクソ装備どもは!?）

驚愕《きょうがく》する心とは反対に、俺は残る装備も受け取ってしまった。

左腕にチェーンを巻き、用意されていたホルスターを括《くく》り付けて銃を納める。

すると、ドクッドクッとさらに魂が震え、錫《すず》色の鎖と朽葉色の矢が俺の精神世界に姿を顕《あらわ》した
――！

〝血ッ、血ィ！〟

〝臓物ッ！　肝臓ォオオ！〟

〝散華ヲ！　自殺ヲ！〟

邪悪なる意思が心に溢《あふ》れる。

呪いの装備たちは俺の魂を取り囲み、我が物にせんと一斉に飛びかかるが――しかし。


――略　奪　絶　許　ッッッ!!――


魂のあちこちから黒い刃が伸び、逆に呪いの装備たちを突き刺していった……！

そのまま魂の中に引き込むと、バギバギモシャモシャッと内部から貪るような音が響いた。

そして。


――眷属化　完了――

次の瞬間、身に着けた装備たちが『黒』に染まる。

その光景を前に、ヒュプノさんが「うひょーっ！」と素《す》っ頓狂《とんきょう》な声を上げた。

「おぉーッ、やはりクロウくんは本物だ！　邪悪な装備たちが、まるでキミの『悪を許さない』と

いう強き意思に染め上げられるように黒くなったッ！　わああああっ！」

すごいよッすごいよッとはしゃぎまくるヒュプノさん。

しかし俺は内心顔面真っ青だ。恐る恐るといった感じで、ムラマサのほうを見た。

（お、お前、呪いの装備まで支配することができるのかよ⁉）

その能力にゾッとする。

いつか俺はコイツの支配から逃れて自由の身になるのが夢だったのに、まさかそれだけの力を持っているとは……！

（しかも、だ。もしもムラマサの支配から逃れる方法が見つかっても、コイツを手放したら……次の瞬間には他の装備たちに呪われちゃうんじゃ……？）

――大正解！――

（って大正解じゃねえよッ⁉　お前っ、それをわかってて呪いの装備どもを受け取りやがったなぁああーーーッ⁉）

……こうして俺はムラマサにハメられ、さらに逃げられない身にされてしまうのだった……！

束縛系彼氏から逃げられない女（※♂）クロウくん――！

第二十三話　芸術品にしてやるよ、クロウくん！

「――ま、街に着いたぁ……。もう野宿はコリゴリじゃあ……！」


北方都市を旅立ってから三日。俺はデッカイ袋を担ぎながら、とある街を訪れていた。

（ここが『大狼《たいろう》都市シリウス』。王都を囲う、七つの街の一つか～……）

キリッッッとした顔をしつつ、内心ほげーと街を見渡す。なんか都会に来ちゃったな～って感じだ。

アイリスさん曰《いわ》く、王都の周囲には七大都市『大狼都市シリウス』『賢狼都市プロキオン』『双勇都市カストル』『双愛都市ポルックス』『忠臣都市カペラ』『剛牛都市アルデバラン』『天弓都市オリオン』が存在し、王都に負けじと発展しまくってるとのこと。

そんな場所だから足元は当たり前にオール石畳だ。建物も綺麗《きれい》だし街ゆく人もオシャレだし、俺みたいな田舎者《いなかもの》には縁遠い場所だよ。

（私服で来てたら笑われまくってただろうなぁ。騎士団の服もらってよかった……）

歩きながら、ショーウインドウに映った自分の姿をチラ見する。

上着にしている白い団服。これの権威はすごかった。

まず、街に入るのにほとんど顔パスだ。非常時なためにピリピリしている憲兵さんたちも、この服を見るだけで『騎士様ですか！　へへ～どうぞ街へ～！』と超低姿勢になった。

簡単な持ち物検査はされたが、それだけだ。魔導騎士とはそんくらいすごい存在なのだろう。

（街の都会人さんたちも、俺の側《そば》を通るときは目礼してくるくらいだからなぁ。それに……）

あとこの服、機能面ものすごい。

研究者のヒュプノさん曰く、『巨大蜘蛛《ぐも》の魔物アラクネの糸からできてるから、普通の服とは訳が違うよー』とのこと。

いや実際にその通りだ。頑丈だし、通気性抜群だし、あと汚れが勝手に落ちたり破れても少しずつ直ったりと、もう機能が盛りだくさんすぎだってばよ。すごいねー。

（一部の魔物は、分泌物や身体《からだ》の部位が色んな事に役立つんだよなぁ）

それに比べて……と、俺は腰に差した陰険横暴ソードのムラマサくんを見た。

あのさぁムラマサくん。ちょっといいかい？

（魔物たちだって社会に貢献してるのに、ムラマサくんはその点どうなのかなぁ？　いつも魂目当てに暴れるばかりじゃないですか。そんな人生ってどうかと思いますよ？

だからムラマサくん、もう荒事はやめましょうよ。俺の身体を好きにしていいから、地道に働くとかさぁ……）

――黙レ！　我、主人!!　貴様、肉奴隷《ニクドレイ》！　指図禁止《サシズ》!!――

（ってハァァアアアアッ!?　誰が主人で誰が肉奴隷だ殺すぞテメェ!!!!!!）

調子乗りすぎなクソゴミソードに俺はキレた!!

この野郎、俺が説法してやったのにマジでふざけやがって！

もういい決めたッ、この暴虐邪智《ぼうぎゃくじゃち》なるウンコソードを道端に落ちてる犬の糞《ふん》に突き立てて街のオブジェにしてやるッ！　題名は『社会不適合者の末路』じゃ覚悟しろ！

——貴様ッ！——

（うおおおお前に支配される前にお前を芸術品にしてやらぁッ！）

かくしてムラマサをウンコオブジェにせんと、俺が怒りの高速抜刀をした……その瞬間、

「——ひゃぁっ⁉」


後ろからビクついた声が響いた。

振り返れば、そこには薄桃髪の女の子が。

「ちょっ、アタシは敵じゃないわよっ⁉　その凶悪なのしまってよ！」

女性用の団服を纏《まと》っていることから、この子も魔導騎士らしい。彼女は手をばたばたとさせながら、「こっそり近づいて悪かったわよ！」と叫んできた。

（え、こっそり近づいてた？　……そんなの全然気付いてなかったんだが）

俺がムラマサを抜きかけてたのは、道端のウンコにぶっ刺そうとしてたからだ。

どうやらそこを勘違いさせてしまったらしい。こりゃぁ失礼しちゃったぜ。

「すまない、驚かせてしまったな」

漆黒《しっこく》の刃を鞘《さや》へと納める。それでようやく女の子も落ち着いたのか、胸を撫《な》で下ろしつつ俺へと向き合ってきた。

「ふぅ……六級騎士の分際で、なかなかイイ勘してるじゃない。アンタがクロウってヤツでいいのよね？」

「む、なぜ俺の名を？」

「噂《うわさ》になってるからよ。あの『白刃《はくじん》のアイリス』の弟子だっていう黒髪騎士が現れたってね」

おうふ。いつの間にやら俺の個人情報が流通していた。

俺の知らない相手が俺のこと知ってるってなんか変な感じだねー。恥ずかしいってばよ～。

――そんなことを考えつつ顔はキリリッとさせてる俺に、桃髪女の子は指を突き付けてきた。

「というわけで、ついてきなさい後輩。このティアナ先輩が、支部まで案内してあげるわ！」

行くわよ、とズンズン歩き出すティアナさんとやら。一方的だけど道案内はありがたいぜ。

なんでこっそり近づいてたのか謎だけど、いい人に会えてよかったねー!!

◆◇◆

「――試験も受けずに騎士になるとか生意気ね。いじめてやろ!!」

高らかなクズ発言が街へと響く。

この日、五級騎士ティアナはご立腹だった。

それは今朝がた、とある噂を耳にしたからだ。

曰く、最強の女剣士『白刃のアイリス』が辺境につくっていた隠し弟子が騎士になったとのこと。

曰く、彼女の弟子ということで、厳しい試験を一切《いっさい》受けずに入団したとのこと。

曰く、鳴り物入りで入団したものの、実力はそこまで高くないため、最低の六級騎士スタートとのこと。

そして、その人物は黒髪の青年で、柄《つか》まで黒い刀を装備しているとのこと。

それらの噂を聞いた瞬間、ティアナは強く決意した。『要するにその黒髪野郎はコネ入団のゴミクズだ。このティアナ様がいびり倒して教育してやろう』と。

「本当にムカつくわね。アタシなんて、三回も入団試験に落ちたのに……！」

魔導騎士になるための試験は極めて過酷だ。武器を持った状態で何十キロも走らされたり、実際に魔物の群れと戦わされたりと、命を落としかねない内容になっている。

それを『師匠が有名だから』という理由でパスしていいのか？　ふざけるな。

「決めたわ。例のクロウってやつ、毎日こっそり背中に唾《つば》とか引っ掛けてやる……！」

ムカつくムカつくと呟《つぶや》きながら、ティアナは街の門へと向かう。

――現在、レムリア帝国は危険な状態にある。四方都市のうちの三つが崩壊し、内地に魔物たちが侵入を果たしたのだ。

それらを駆除するために、ティアナのような下級騎士は街の周辺を毎日探索させられていた。

門の近くまで来たところで、彼女は意識を切り替える。

「さぁて、クソ野郎のことは一旦《いったん》忘れてお仕事っと。……といっても、このあたりってあんまり魔物いないのよねぇ」

まぁラクだからいいけどと、その件について彼女は深く考えていなかった。

——実際はある男が狩りまくっているからなのだが。

「平和なのに越したことはないしねぇー……って、んん？」

と、そこで。

門から出ようとするティアナとは逆に、街へと入っていく騎士とすれ違った。

——その漆黒の頭髪を見てハッとする。まさか今のが例の騎士では、と。

「黒髪なんて珍しいしね。千年前はありふれてたそうだけど」

千年前の高濃度魔力流出以降、魔物化しなかった人類にも一つの変化が訪れた。

それは髪や瞳の色が、ありえない色へと変化したことだ。ティアナの薄桃色の髪も、当時からしたらファンタジーでしかなかったモノとされている。

これもまた、幻想を現実化する魔力の影響なのだろう。

「柄まで黒い刀も持ってるし、間違いないわ。アイツがクロウってやつね！」

そう確信してからの行動は早かった。

ティアナは自慢の忍び足を使い、コソコソとクロウの背後に近づいていく。

（ふひひひ。下級騎士の主な任務は雑魚《ざこ》狩りと探索。強い魔物を見つけたら、気付かれずにこっそり逃げて、中級以上の騎士になんとかしてもらうことだからね）

そのために鍛えた隠形《おんぎょう》技術を使い、音もなく接近するティアナ。

（さぁ、これからどうしてやろうかしら。背中に唾をかけてやろうか、耳をガブッと噛《か》んで痛がらせてやろうか、それとも髪をワシャワシャにして困らせたり⁉）

痛めつけるアイディアが止まらない。自分はこんなに悪女だったのかと、ティアナは背徳感に酔い痴《し》れる。

かくして彼女が、いよいよクロウの背後にまで迫った……その瞬間、

「――ひゃぁっ⁉」

……気付いた時には、彼は刃を抜いていた。

それと同時に叩《たた》きつけられる怒気。まるで怨敵を地獄に堕《お》とさんとするような気が、クロウの背中から放たれていた。

（ひぃいいっ、なにこいつ⁉　なにこいつっ⁉）

ティアナの心臓が早鐘を打つ。恐怖によって腰が抜けかける。

（何よ……大したことない六級騎士って話なのに……！）

音もない忍び足に当たり前に反応したこと。

気付けば刃を手にしていた一瞬の抜刀術。

そして、身の竦《すく》むような怒りのオーラ。

――これが六級騎士なわけあるか！

（こ、殺されるッ！　敵と間違われて殺される！）

約一秒でそう判断。ティアナは漆黒の刃に震えながら、「アタシは敵じゃないわよっ⁉」と叫ぶのだった。

いじめて教育する作戦、大失敗である。

――こうしてティアナは、実は目の前の男が『この陰険ソードをウンコに突っ込んでやる！』とＩＱ３なことを考えてブチギレ抜刀したことも知らず、ただの先輩として振る舞うことになったのだった。

第二十四話　絆《きずな》を紡《つむ》げ、クロウくん！

「――支部長いますかー⁉　例の黒いヤツを連れて来ました！」

（その言い方はやめてくれ……）

ティアナ先輩と出会った後のこと。

彼女に連れられて騎士団支部に辿《たど》り着いた俺は、そこの支部長さんと面会することになった。

実はブラックモア団長さんから言われていたのだ。『話は通してある。任務が片付いたら、シリウスの街の支部長に会いに行け』と。

（う～ん、偉い人と会うのは緊張するなぁ。怖い人だったらどうしよう……！）

などと、俺が内心ビクついていると……、

「支部長～⁉　入っちゃいますからねー‼」

（え、ええ⁉）

なんとティアナさんは返事を待つこともなく、支部長室へとずかずか入っていった！

奥に腰かけた女性が、「ちょっ、ティアナ⁉」とビックリする。どうやら彼女が支部長らしい。

そんな女性へと、ティアナは猛ダッシュで迫り、

「あぁーつやっぱりママいたー!!　ママぁぁあああーっ!♡」

……トロットロにとろけた笑顔で抱き着くティアナさん。

え、ママって……どゆことぉ？

◆◇◆

「——お見苦しいところをお見せしました。わたくしの名はフィアナ・フォン・アリトライ。ここの支部長であり……そこの馬鹿娘の、母でございます」

「うぇ～ん、ママ～……!」

丁寧に挨拶をするフィアナ支部長と、その横で頭を押さえて泣くティアナさん（思いきりゲンコツされてた）。なんとも対照的な親子である。

（うーん。雰囲気はまるで違うけど、容姿はそっくりだよなぁ）

ママっていうより姉妹にも見えちゃうくらいだ。

ティアナさんの肉付きのいい身体《からだ》をさらによくして、元気なバチバチおめめを糸目に変えたって感じか。同じ桃髪だし、遠目にはわからないかもだな。

「クロウ様、でしたね。この馬鹿娘が何か失礼な真似《まね》をしませんでしたか？　……少し甘やかしすぎたせいか、我儘《わがまま》で怠惰《たいだ》で考えが足りないところがあり、先ほどのように突飛な行動を取ることもありますので」

酷《ひど》い言われようである。

支部長さんが「たとえば、妙な思い込みから新人いびりをされそうになったり？」と言うと、ティアナさんはビクッッッ！　と肩を震わせた。

んん？　なんでビクついたんだ？　むしろ優しくしてくれたのに。

俺は素直に答えることにする。

「ご安心を、フィアナ支部長。彼女はとても親切な方です」

「えっ、この子が……⁉」

「ええ。右も左もわからない自分に声をかけ、ここまで導いてくださいました」

いやぁ実際感謝してますわ。クロウくんってば不愛想な顔付きしてますからね。好んで寄ろうと思う奴《やつ》は少ないでしょ。村の女子たちなんてみんな顔を合わせてくれなかったし。

その点ティアナパイセンは違いますよ。俺なんかに近づいてきてくれたことに加え、出合い頭《がしら》に勘違いから怖がらせてしまったにもかかわらず道案内してくれた。

うん、完全にいい人だ。クロウくんの目に間違いはないぜ。

「美味《うま》い飯屋に品揃《しなぞろ》えのいい雑貨店、それに猫の集会所など、ここに来るまでに街の紹介も行ってくれました。彼女の優しさに感謝です」

「えぇっ……それってたぶん、探索任務に戻りたくなくてわざとブラブラしてただけじゃ……」

おぉっと、それじゃあティアナパイセンがクズみたいな感じじゃないですか！

それは失礼かと思いますよ～!?　ほら、ティアナさんも傷付いちゃったのか「うぐっ!?」って声出してますし。

俺は俺に優しくしてくれた人の絶対的な味方ですよ。というわけで抗議しますわ！

「フィアナ支部長。事の真偽も確かめず、ご息女の善意を疑うような発言はどうかと」

「そっ、それは！」

「今までの娘さんがどうだったかは知りません。ですが俺にとっての彼女は、優しく明るい尊敬すべき先輩です。

アナタも彼女の母親ならば、過去ではなくて『今の彼女』を信じてやるべきでは？」

「はぅ!?」

堂々とそう言うと、支部長さんは顔面も蒼白《そうはく》に押し黙った。

かなり心に堪《こた》えたようだ。自身の過《あやま》ちに気付いた彼女は、やがて娘のほうを見て頭を下げる。

「ご……ごめんなさい、ティアナ。わたくしってば、今までのイメージからうっかり酷い疑いをかけてしまったわ。

いくらアナタが色々とアレな上に弱すぎてコンプレックスも拗《こじ》らせてて、数カ月前なんて最年少で騎士になったカームブル家のヴィータさんに『どうせコネ入団でしょ!?　成敗してやる！』

と自分も武家貴族の娘のくせに喧嘩《けんか》売ってボコられて年下に泣かされる残念無双を決めたからって……」

まずは改心した可能性を信じるべきよね、本当にごめんなさい……と支部長さんは震えながら謝罪した。

――そんなお母さんに対し、ティアナさんもなぜかビクビクしながら答える。

「そっ、そそっ、ソウヨ！　アタシ、改心したのよ！　新人いびりとかサボりとか、そんなの一切《いっさい》考えてないんだからッ！」

「まぁっ、そうなのねティアナ！　お母さん、アナタはもう色々と駄目だと思ってたから嬉《うれ》しいわ！　それじゃあこれからは、毎日ちゃんと修行するのね⁉　お勉強も、貴族としての礼法のレッスンもちゃんとするのね⁉」

「すっ、するわよぉっ！　うえーーーんっ！」

なぜか泣き出すティアナパイセン。きっとお母さんに信じてもらえたことで、喜びの涙が溢《あふ》れ出してしまったんだろう。

「ティアナ……！」

「うぐぅ、ママァ……！」

涙ながらに抱き合う二人。

そんな感動の光景を、俺は温かな気持ちで見守るのだった――！

【朗報】超大型新人クロウくん、支部長と会って1分で家族関係を改善してしまう――！

【ティアナちゃん嬉しいね！】

第二十五話　この人は私がいないと駄目なの、クロウくん!!

「クロウ様。ブラックモア団長より、アナタ様の面倒を見るよう仰せつかっております。どうか何なりとおっしゃってください」

晴れやかな笑みを浮かべるフィアナさん。娘さんの成長に気付けたことがとても嬉《うれ》しいようだ。

そんな彼女に、ひとまず俺は任務書の束を差し出した。

「ではこちらの確認を。達成報告はフィアナ支部長に上げよと、団長から」

「そうでしたね、拝領いたします……って、なんですかこれは⁉」

書類を見たフィアナさんがギョッとする。隣のティアナパイセンが「ママが大声上げた⁉」と驚いた。

「ク……クロウ様は確か、三日前に任務を受けたばかりですよね？　それなのに全部こなされている上……！」

震える手から何枚かの書類が落ちる。

その文面には『狡猾《こうかつ》な人型の魔物を百体討伐《とうばつ》せよ　３２４／１００』『俊足を持つ四足獣型の魔物を百体討伐せよ　２１５／１００』『自然に擬態する植物型の魔物を百体討伐せよ　１５６／１００』『繁殖力に優れた虫型の魔物を二百体討伐せよ　４１３／２００』と、依頼された討伐数を大幅に超えた成果がズラリと並んでいた。

それを見たパイセンが「うぎゃッ⁉」と叫ぶ。

「えええ……なによこれ……。もしかして、このあたりにあんまり魔物がいなかったのって……」

「クロウ様、アナタのおかげだったのですねぇ……」

呆然《ぼうぜん》とするティアナさんとフィアナさん。そんな彼女たちに対し、俺はそこまで誇れる気にはなれなかった。

(別に好きでやったってわけじゃなく、ムラマサが暴走した結果だからなぁ……)

この三日間はもう思い出したくもない。

呪《のろ》いの装備たちが好みの部位をワーワー叫んで、俺を戦いに駆《か》り立てた。

何かを食べたりはしないアーラシュくんも、使い手が死ぬところが見たいようで〝タタカエタタカエ〟うるさかった。

使った後に自殺させようとしてくる特級クソ野郎だが、戦場で果てる姿も好みらしい。アイツマジでなんなの？

おかげで最近寝不足でイライラするし、ただでさえ不愛想な顔がもっと怖くなってる気がするんですけど。

(はぁ、呪いの装備全員を満足させなきゃ眠れもしないとかふざけんなよ……)

もうワンオペ育児はこりごりである。こんな状況をつくったムラマサに、改めて怒りが湧いてきた。

ともかくそうした事情で奮闘したわけだが、それを二人に伝えるわけにはいかない。俺はキリリッとした顔をして『断罪者』ムーブすることにした。

「――依頼された数など、所詮《しょせん》は些事《さじ》。目に付く『悪』は全て滅ぼす。それが、俺の騎士道ゆえ」

「「ッッッ！」」

瞳を見開くアナ親子さん。これで俺への印象は悪いものではなくなっただろう。

高いモチベーションを持ち、会社の命令以上に働くシャカリキ新人クロウくんとして覚えめでたくなったはずだ。

俺は最後に、ここまで担いできたクソデカ袋をフィアナ支部長の前に置いた。

「こちら、依頼された魔物の採取部位になります。どうか確認を」

「わ……わかりました。ではクロウ様、ここの支部には宿泊室もありますので、そちらでお休みを……」

「有り難う御座います」

キビキビと頭を下げ、では失礼をと支部長室を立ち去っていく。

――さぁて久々にベッドで寝られるぞぉおおーーーっ！　楽しみだねー、うふふっ！

◆　◇　◆

「――依頼された数など、所詮は些事。目に付く『悪』は全て滅ぼす。それが、俺の騎士道ゆえ」

「「ッッッ！」」

その瞬間、フィアナとティアナに戦慄《せんりつ》が走った。

この青年は、なんて苛烈《かれつ》な怒りの気を放つのだと。

――それから少しばかりのやり取りを経て、部屋を立ち去っていくクロウ。

彼の気配が完全に消えるや、下級騎士ティアナが泣き出すように喚《わめ》いた。

「なっ、何なのアイツ⁉　アイツやっぱり、コネ入団の六級騎士なんかじゃない！」

酷《ひど》く狼狽《ろうばい》するティアナ。母には言えないが、イタズラをしようとした時から彼の恐ろしさには気圧《けお》されていた。

「ねぇママ、アイツって一体……」

困惑する彼女に、フィアナは答えることを決める。

副団長・アイリスより伝えられた、『断罪者クロウ』の経歴を。

「彼があそこまで悪を憎むのも仕方ありません。――なにせ彼は、故郷を魔物と黒魔導士に滅ぼされたそうですから」

フィアナは静かに語り出す。

元々彼は外地でアイリスが見つけ、こっそりと鍛錬を付けていた隠れ弟子だという。

アイリスをよく思わない者は多い。それを考えたら、公表しないのは賢明な判断だろう。

――そうして着々と実力を付けてきた彼だが、ある日悲劇が起きた。

「ママ……故郷を滅ぼされたって……」

「ええ。クロウ様と、彼が逃がしてあげた子供以外は……すべて皆殺しにされたそうです」

それが彼を『断罪者』に変えたのだろうとフィアナは思う。

以降、偶然にも魔導兵装を手にしたというクロウは、故郷を襲った黒魔導士を怒りのままに抹殺《まっさつ》。

それからは師のアイリスと合流し、『ラヴォル村』の中央に現れたアルラウネを被害ゼロで討伐し、
先日の『四方都市襲撃事件』でも大活躍。全身の筋肉が断裂するような鬼神のごとき戦いぶりを見せ、街の防衛に貢献したという。

「それほど苛烈で、正義に燃えた方なのです。よほど侵し難《がた》い精神をしているのか、団長に次ぐ『伝承克服者』の資質もあるとのこと」

「なっ、それって呪いの装備さえ使いこなせるっていう⁉」

母の話に、改めてティアナは戦慄した。


ああ、なんて悲しく……そして熱い騎士なのか。『自分とは違いすぎる』と、彼女は胸が締め付けられる思いだった。

（……アタシには、悲しい過去なんて一切《いっさい》ない。ただ偶然に武家貴族に生まれて、当たり前に騎士を目指して……）

自身の過去を振り返るティアナ。

流されるように彼女は修行を始め――すぐに気付くことになった。自分には、ほとんど才能がな

いことに。

（それでもママを失望させたくなくて、三回も落ちた末にどうにか合格して……最低ランクより一つ上の、五級騎士にも出世できたけど……）

そこで完全に頭打ちだった。所詮、自分は下級騎士にしかなれないのだと、彼女は自身を哀《あわ》れんだ。

元より熱いモチベーションなどもない彼女である。それからは訓練することもなくなり、気に入らない後輩に細々《こまごま》とした嫌がらせをするような女に堕《お》ちてしまった。

（そんなアタシと比べて、あのクロウってやつは……）

先ほどの討伐数を見ればわかる。

アレは異常だ。彼がどれだけ強かろうが、休憩も睡眠もろくに取らずに戦い続けなければ、あれほどの戦果は挙げられないだろう。

まるで自分すら燃やし尽くすような『悪への憎悪』に、ティアナは呆然とするしかない。

「どうなってるのよアイツ……コネ入団で、実力もないから六級騎士になったたって噂《うわさ》だったたのに……」

「それは、どこかの貴族が撒《ま》いたデマでしょう。アイリス様のような外地の人間が活躍することを良く思わない者はいますからね」

不毛な話だと、フィアナは深く溜《た》め息を吐《つ》いた。

「そもそもクロウ様の存在は、しばらくは上層部内で秘匿にしておくという話でした。

『伝承克服者』は強力な存在……それが敵組織に知られたら、集中して狙われてしまうでしょうから」

だというのに貶《おとし》めるような形で情報漏洩《ろうえい》を行い、彼に無用な注目を集めさせるとはどういうことか。

クロウの評価を下げたいがゆえに『伝承克服者』であることは漏らしていないようだが、このままではそれも危うい。

苛烈ながらも平和のために戦うクロウと比べて、あまりにも下衆《げす》すぎると彼女は呆《あき》れる。

「……きっとクロウ様には、これからも様々な困難が降りかかるでしょう。

ティアナ。そんな彼のことをアナタに教えたのは、支えになって欲しいからです」

「えっ、支えっ⁉」

「そう。……先日までのアナタにならば、わたくしは決して彼の情報を伝えなかったでしょう。ですが、クロウ様はわたくしに『母ならば娘を信じろ』とおっしゃいました。ならば信じてみせましょう」

フィアナは柔らかく微笑《ほほえ》むと、娘の肩に手を置いた。

「騎士ティアナに命じます。――彼がこの地にいる間で構いません。わたくしも協力しますから、どうか気にかけてあげてください」

「っ……わかりました、支部長……！」

緊張気味ながらも、少女騎士は強く頷《うなず》いた。

正直に言えば断りたい。自分はどうしようもない駄目女のままだと、母に伝えてしまいたい。

それにクロウのことも怖い。背後に迫って斬《き》られかけた時のように、いつかはクズな自分も殺されてしまうんじゃないかと恐怖するが――しかし。

(アイツのおかげで、ママはもう一度アタシを信じてくれるようになった。……最初は『余計なことを』って思ったけど……でも)

それでも、嬉しかった。プレッシャーには感じるし、駄目な自分がどう頑張ったところで無駄だとは思うが、それでも母の信頼には応えたい。

彼女に再び信じてもらえるようになった恩義くらいは、クロウに返してやりたかった。

「アイツ、あの調子だと無理して死んじゃいそうだからね。ここは騎士団の先輩として、不真面目な遊びでも教えてあげるわ」

「ふふっ、それはとても信頼できる言葉ですね。任せましたよ、ティアナ」

苛烈すぎる青年を想《おも》い、母と娘は微笑み合うのだった。

――なお。

「あ～～～～～～～～～～やわらかいベッド最高じゃぁあ～～～～～～～～～～！」

ゴミのようなとろけ顔で寝台に沈むクロウ。

その様子からは、親子が心配するような『自分すら燃やし尽くしそうな断罪者』感などまっっったく見られなかった。

「シャワーも浴びたし、今日はもう寝ちゃおっと。じゃあみんなおやすみー!!」

――魂ィ!――

〝血ィ……!〟

〝腸《ハラワタ》! 腎臓!〟

〝散華! 自害!〟

「はいはいおやすみー」

邪悪なる叫びを慣れたように無視し、クロウは毛布に潜り込む。

……こうして彼は、美人親子に『この人は私たちが支えないと……!』と思わせていることも知らず、すやすやと眠りに就くのだった。

※アナ親子がお小遣いをくれるようになりました

第二十六話　新たなる騒乱の気配

「――さぁ後輩っ、次のお店に行くわよ～！」

「ああ」

ティアナさんに手を引かれ、シリウスの街を歩いていく。

昨日は店の紹介程度にとどまったが、今日はガッツリと立ち寄って、色んな店で買い物や食事を行っていた。

「あそこのトロールアイス、うにょーんて伸びて面白いのよ！　トロールの筋繊維《きんせんい》が混ざってるの！」

「それって美味《うま》いのか？」

「まずい！」

ケラケラと笑うティアナパイセン。ちょろっと見えた八重歯が可愛《かわい》い。

（うーん、やっぱりこの人はいい人だなぁ。俺なんかを遊びに誘ってくれるなんて）

早朝のこと。ムラマサたちを満足させるために街の外で狩りをしていたところ、ティアナパイセンが俺を追ってきて、「今日は狩り禁止ッ！　私と一緒に遊びなさい！」と命じてきたのだ。

俺は凄《すさ》まじく感動した。

今まで、同世代の女の子に遊びに誘われたことなどなかったからだ。

「ほらほら、次に行くわよクロウ！　それとも、もうお金がなかったり？　アタシとママから渡した分で、三日は遊べるはずだけど……」

「いや、資金のほうは大丈夫だ。今までアイリスやヴィータやヒュプノにも手渡されてきたからな」

「ってなにそのメンツッ⁉　副団長と天才騎士と元最上級騎士じゃないの！」

いや〜、なんかみんな俺にお小遣いをくれるんですよね。

俺ってばそんなに経済力なく見えるのだろうか？　いやまぁ実際ないんですけどね……。

昨日こなした任務の分も、振り込まれるのは数日後だそうですから……。

（サイフから女の匂いがする男、クロウ。世間ではそれをヒモと呼ぶ……！）

「はえー。ママも支部長だし、そう考えるとアタシ以外はマジですごいメンツねぇ……」

内心へこんでいる俺をよそに、ティアナパイセンは難しい顔をした。

彼女は露店で串焼きを食べながら、ぽつりと俺に聞いてくる。

「ねぇクロウ。弱い騎士に意味があると思う？」

「何？」

いきなりどうしたんだ、パイセン？

「アタシはね。アンタやアンタの周りの連中と違って、ザコザコな五級騎士に過ぎないわけよ。

自分のことだからよくわかるわ。もうアタシには、伸びしろもろくにないってね～」

何でもないような調子で、ティアナは続ける。

「そんなアタシにできることは、自主的に狩りに行っちゃうような真面目な後輩の邪魔をして、食べ歩きさせることくらい。

もしも他のメンツなら、アンタと一緒に狩りの手伝いとかできたんでしょうけどねー」

アンタ意味わからない速さで魔物斬《き》ったりしてたもん。ありゃついてけないわと、ティアナは呆《あき》れたように肩を竦《すく》めた。

彼女は俺の前に立ち、瞳をじっと見つめてきた。

「ねぇクロウ。アタシのことが邪魔だと思うなら、そう言ってくれていいからね？」

「……なぜ、そんなことを」

「いやさ。いざという時、誰も守れなさそうな女が、みんなを守れるアンタの時間を奪っちゃってるって思うと……ちょっと間違ったことしちゃってるかもって」

寂しそうな笑みを浮かべるティアナ。

あぁなるほど……。彼女はそんなことを気にしていたのか。

「あっ、狩りに戻るなら支部で回復薬を受け取っておきなさいよ！　あと包帯とかも持っておいたほうが……」

「ティアナ」

俺は、彼女の両手を握り締めた。

「ふぇっ⁉」

「聞いてくれ、ティアナ。俺はお前に……先輩にとても感謝している」

そう。邪魔だなんてまったく思っていなかった。むしろその逆だ。

「俺は、どうしようもない事情から戦いを止《や》められないんだよ。暇さえあれば魔物や黒魔導士を血眼《ちまなこ》になって捜すような、ろくでもない人間になってしまった」

「っ、それって……故郷を滅ぼされた、復讐心《ふくしゅうしん》から……」

「そうだ（違うよ）」

魔装備たちがギャーギャーうるさいからだよ。

ある程度腹を満たしてやっても喚《わめ》きまくるんだよなぁ。俺の魂内で叫ぶからマジうっさいんだよ。んで、体力がある時なら抵抗するよりもおとなしく従って満腹にさせてやるほうが気楽なので、自然とコイツらに生活を左右されてしまってる感じだ。

「だからティアナ。強引にでも俺を闘争から連れ出し、日常を楽しませてくれたアナタには、心から感謝している」

「えっ、ええ、嘘《うそ》ぉ⁉」

「嘘じゃない」

いや本当にマジだよ。そもそも灰色の青春時代を過ごしていた俺を遊びに誘ってくれた時点で、ティアナパイセンには感謝ポイント百点をプレゼントだよ。

クロウくん抱き枕セットと引き換えできます。あと、アイリスさんに次ぐ天使2号の称号も与えたいところだ。

「アナタは自分を弱い騎士と、誰も守れない女と言ったが、それは違う。俺のような人間に声をかけてくれた時点で、アナタは強い。そして——殺伐《さつばつ》としていく俺の心を、アナタは守ってくれた」

「ッ！」

「ティアナ先輩。俺はアナタを、尊敬している」


そう言った瞬間、彼女はポロポロと涙をこぼした。

ぐっと一瞬堪《こら》えたが、それも無駄に終わる。大粒の涙は、こぼれてこぼれて止まらなかった。

「なっ……なによ！　アンタってば全然笑わないから、内心不安だったんだからね⁉　実は迷惑がってるんじゃないかって！」

「あぁ……それはすまない。単純に緊張していただけだ。同世代の女の子とは、今まで縁がなかったからな……」

「って嘘つきなさい！　アンタみたいに影がある男なら、むしろモテモテだったでしょうにっ！」

いやマジで嘘じゃないんだが。まったくモテてなかったし、暗いほうがむしろモテモテってどういう理論だろ？

同じ村のフカシくん（多分死んでる）も、『クロウくん。女子っていうのは結局、ボクみたいに笑顔を絶やさない男性に靡《なび》くものさ』って言ってたぞ。

まぁアイツの笑顔はニコッていうよりニチャッて感じで気持ち悪かったが。

「はぁー……まぁいいわ。楽しんでくれてたなら結構よ。それに、アタシなんかのことを褒《ほ》めてくれてありがとね」

明るい笑みを浮かべるティアナパイセン。

うむうむ。やっぱりこの人には快活な笑顔が一番だ。心が癒《い》やされるってばよ〜。

「フッ……ティアナといると、落ち着くな」

「ハッ、ハァァアアッ⁉　何いきなり口説いてるわけッ⁉　ばーかばーか！」

なぜかパイセンは顔を赤くする。

いや、まったく口説いてないんだが。何言ってるんだこの人は？

「素直な気持ちを伝えたまでだが……」

「ンンンン⁉⁉⁉⁉⁉⁉」

素《す》っ頓狂《とんきょう》な声を上げるティアナ先輩。

アイリスさんもたまにこんな感じになってたっけ。その反応、女子の間で流行《はや》ってるんだろうか？

──こうして俺が彼女と仲良くしていた時だ。

不意に、腰のムラマサがざわついた。それと同時に「おやおや、青春してますねぇ〜」と、粘り気を帯びた男の声が耳に入る。

声のしたほうを見る俺とティアナ。そこには、豪奢《ごうしゃ》な衣装を纏《まと》った壮年の男が立っていた。

誰この人ー。

「ッ、クロウ、姿勢を正しなさい！」

ティアナさんが鋭く叫ぶ。先ほどまでの笑顔は霧散し、緊張の面持《おもも》ちで男を見ていた。

とりあえず俺も彼女に従い、ビシッと姿勢を改める。

「ほほう。外地の者と聞いてましたが、それなりに礼儀は弁《わきま》えているようだ」

男は値踏みするように俺を見ると、「自己紹介と行きましょう」と優雅に礼を執った。

「私の名はスペルビオス。この国の、宰相の座を預かる者です」

へ～……って、宰相サマ⁉　よくわからんけどめっちゃ偉い地位ですやん⁉

えっ、えっ、なんでそんな人がこんなところにいるの⁉　やばいどうしようっ、緊張しちゃう！

権力に弱い男、クロウくんです！

「さぁてクロウくん。アナタの噂《うわさ》は色々と聞いてますよぉ。あのアイリスの弟子な上に、『伝承克服者』だとか。いやぁ、天に選ばれてますねぇ～。私ってばすっかりファンになっちゃって、こうしてアナタに会いに来たくらいですよぉ」

あ、そうなの⁉　俺に会いに来てくれたの⁉

わぁあああああああーーーーーそれは光栄だってばよ！　アイリスさんの弟子なのは嘘《うそ》だし伝承ナンチャラも嘘だけど、俺ってば俺を大好きな人のことは無条件で大好きだよ！

それでなに⁉　握手とかすればいいわけ⁉

「それでですねぇクロウくん。そんなアナタの伝説に、さらなる華を添えたいと思いまして……」

懐《ふところ》をゴソゴソするスペ宰相。え、なに、お菓子でもくれるの？

そう期待した俺を裏切り――彼が取り出したのは、一枚の任務書だった。え？

「六級騎士、クロウ・タイタスに命じます。最強の魔物『ドラゴン』を、ちょっと一人で狩ってきてくださいませんかねぇ？♡」

は……はぁあああああああああ――――――――ッ⁉

ドラゴン一人で狩ってこいって、なんだコイツゥウウウウウウウ――――――ッ⁉

あとがき

美少女作者こうりーーーんっ！
はじめましての方ははじめまして、馬路《まじ》まんじです‼‼
顔出し声出しでバーチャル美少女ツイッタラーをしてるので検索してね！
@mazomanzi　↑これわれのツイッターアカウントです！　いえい‼‼

同時期に出した作品と同じく、もはやあとがきを書いてる時間もないので、とにかく走り書きでいっぱいビックリマークを使って文字数を埋めていきますッッッ‼‼　というか

だいたいコピペです‼‼
いつもコピペあとがきです‼‼‼

『やめ剣』、いかがだったでしょうか‼⁉
不器用なんだか器用なんだかよくわからない自称根暗生物クロウくんが内心泣きながら泥沼にはまっていく話です‼‼　微妙にクズですが四捨五入するとイイ子なので愛してあげてください！

また作者はツイッター廃人なので、ツイッターに『やめ剣』の感想を書いてくれたら全力で探しに行きます！

おっぱい見せるのでネット掲示板とかで宣伝してくださぃ！(´;ω;｀)

そしてそしてWEB版を読んでいた上に書籍版も買ってくださった方、本当にありがとうございます!!!!!!!! 今まで存在も知らなかったけど表紙やタイトルに惹《ひ》かれてたまたま買ってくれたという方、あなたたちは運命の人たちです!!!! ツイッターでJカップ猫耳メイド系バーチャル美少女をやってるので、購入した本の画像を上げてくださったら「お兄ちゃんっ♡」と言ってあげます!!!!!!!!!! 美少女爆乳メイド妹ちゃん交換チケットとして『やめ剣』を友達や家族や知人や近所の小学生やネット上のよくわからないスレの人たちにホンマぜひぜひぜひぜひオススメしてあげてくださいねー!!!!!!!! よろしくお願いします!!!! ツイッターに上げてくれたら反応するよ!!!!

そして今回もッ！　この場を借りて、ツイッターにてわたしにイラストのプレゼントやア○ゾン欲しいものリスト（死ぬ前に食いたいものリスト）より食糧支援をしてくださった方々にお礼を言いたいです!!!!!!

　高千穂絵麻（たかてぃ）さま、皇夏奈ちゃん、磊《こいし》なぎちゃん（ローションくれた）、おののきももやす・スフィアゲイザーさま、まさみゃ～さん、破談の男さん（乳首ローターくれたり定期的に貢いでくれる……！）、たわしの人雛田黒さん、ぽんきちさん、無限堂ハルノさん、明太子まみれ先生（イラストどちゃんこくれた！）、がふ先生、イワチグ先生、ふにゃこ（ポアンポアン）先生、朝霧陽月さん、セレニィちゃん、リオン書店員さん、さんますさん、Harukaさん、黒毛和牛さん、るぷす笹さん、味醂味林檎さん、不良将校さん、‡,8さん、走れ害悪の地雷源さん（人生ではじめてクリスマスプレゼントくれた……！）、ノベリスト鬼雨さん、パス公ちゃん！（イラストどちゃんこくれた！）、ハイレンさん、蘿蔔《すずしろ》だりあさん、そきんさん、織侍紗《おささ》ちゃん（こしひかり8kgくれた）、狐瓜和花。さん（人生で最初にファンアートくれた人！）、鐘成さん、手嶋柊。さん（イラストどちゃん+ガンダムバルバトスくれた！）、りすくちゃん（現金くれた！）、いづみ上総さん（現金くれた！）、蒼弐彩ちゃん（現金くれた!!!!）、S・ガシャンナちゃん（現金くれた!!!!）、エルフの森のふぁる村長（エルフ系Vtuber、現金くれたセフレ！）、なつきちゃん（現金とか色々貢いでくれた！）!!!!　、ベリーナイスメルさん、ニコネコちゃん（チ○コのイラスト送ってきた）、瀬口恭介くん（チ○コのイラスト送ってきた）、矢護えるさん（クソみてぇな旗くれた）、王海みずちさん（クソみてぇな旗くれた）、中卯月ちゃん（クソみてぇな旗くれた）、ASTERさん、グリモア猟兵と化したランケさん（プロテインとトレーニング器具送ってきた）、かへんてーこーさん（ピンクローターとコイルくれた）、ぉ拓さんちの高城さん、コユウダラさん（われが殴られてるイラストくれた）方言音声サークル・なないろ小町さま（えちえちCD出してます）、飴谷きなこさま、気紛屋進士さん、奥山河川センセェ（いつかわれのイラストレーターになる人！）、ふーみんさん、ちびだいずちゃん（仮面ライダー変身アイテムくれた）、紅月潦さん、虚陽炎さん、ガミオ／ミオ姫さん、本屋の猫ちゃん、秦明さん、ANZさん、tetraさん、まとめななちゃん（作家系Vtuber、なろう民突撃じゃ！）T-REX@木村竜史さま、無気力ウツロさま（牛丼いっぱい!!!!）、雨宮みくるちゃん、猫田@にゃぷしぃまんさん、ドルフロ・艦これを始めた北極狐さま、大豆の木っ端軍師、かみやんさん、神望喜利彦山人どの、あらにわ（新庭紺）さま、雛風さん、浜田カヅエさん、綾部ヨシアキさん、玉露さん（書籍情報画像を作成してくれた！）、幽焼けさん（YouTubeレビュアー。われの書籍紹介動画を作ってくれた！　みんな検索ぅ！）、レフィ・ライトちゃん、あひるちゃん（マイクロメイドビキニくれた）、猫乱次郎（われが死んでるイラストとか卵産んでるイラストとかくれた）、つっきーちゃん！（鼻詰まり）、一ノ瀬瑠奈ちゃん！、かつさん！、赤城雄蔵さん！、大道俊徳さん（墓に供える飯と酒くれた）、ドブロッキィ先生（われにチンポ生えてるイラストくれた）、葵・悠陽ちゃん、かなたちゃん（なんもくれてないけど載せてほしいって言ってたから載せた）、イルカのカイルちゃん（なんもくれてないけど載せてほしいって言ってたから載せた）、みなはらつかさちゃん（インコ）、なごちゃん、diaちゃん、このたろーちゃん、颯華ちゃん、谷瓜丸くん、武雅さま!!!!!!（ママだよ！）、ゆっくり生きるちゃん、秋野霞音ちゃん、逢坂蒼ちゃん、廃おじさん（愛くれた）、ラナ・ケナー4歳くん、朝倉ぷらすちゃん（パワポでわれを作ってきた彼女持ち）、あきらーめんさん（ご出産おめでとうございます！）、そうたそくん！、透明ちゃん、貼りマグロちゃん、荒谷生命科学研究所さま、西守アジサイさま、上ケ見さわちゃん（義妹の宣伝メイド！　よく曲作ってくれる！　キスしたら金くれた!!!!）、シエルちゃん、主露さん、零切唯衣くんちゃん、豚足ちゃん、はなむけちゃん（アヒルとキーボードくれた）（いつも商材画像作ってくれる！）、藤巻健介さん、Ｓｓｇ．蒼野さん、電誅萬刃さん！、水谷輝人さん！、あきなかつきみさん、まゆみちゃん（一万円以上の肉くれた）中の人ちゃん！、hakeさん！、あおにちゃん（暗黒デュエリスト集団『五大老』の幹部、恐怖によって遊戯王デュエルリンクス界を支配している）、八神ちゃん、22世紀のスキッツォイドマンちゃん、マッチ棒ちゃん～！、ｋｔ60さん（⁉）、珍さん！、晩花作子さん！、能登川メイちゃん（犬の餌おくってきた）、きをちゃん、たちばなやしおりちゃん、天元ちゃん、の@ちゃん（ゲーム：シルヴァリオサーガ大好き仲間！）、ひなびちゃん、dokumuさん、マリィちゃんのマリモちゃん、伺見聞士さん、本和歌ちゃん、柳瀬彰さん、田辺ユカイちゃん、まさみティー／里井ぐれもちゃん（オーバーラップの後輩じゃぁ！）、常陸之介寛浩先生（オーバーラップの先輩じゃぁ！(´;ω;`)）、ゴキブリのフレンズちゃん（われがアヘ顔Wピースしてるスマブラのステージ作ってきた）、いるちゃん、腐った豆腐！　幻夜んんちゃん、歌華@梅村ちゃん（風俗で働いてるわれのイラストくれた）、三島由貴彦（姉弟でわれのイラスト書いてきた）、白夜いくとちゃん、言葉遊人さん、教祖ちゃん、可換環さん（われの音楽作ってきた）、佳穂一二三先生！、しののめちゃん、闇音やみしゃん

(われが●イズリしようとするイラストくれた)、suwa狐さん!、朝凪周さん、ガッチャさん、結城彩咲ちゃん、amyちゃん、ブウ公式さん!、安房桜梢さん、ふきちゃん!、ちじんちゃん、シロノクマちゃん、亜悠さん(幼少の娘にわれの名前連呼させた音声おくってきた)、やっさいま♡ちゃん、赤津ナギちゃん、白神天稀さん、ディーノさん、KUROさん、獅子露さん、まんじ先生100日チャレンジさん(100日間われのイラストを描きまくってくれるというアカウント。8日で途絶えた)、爆散芋ちゃん、松本まつすけちゃん、卯ちゃん、加密列さん、のんのんちゃん、亀岡たわ太さん!(われのlineスタンプ売ってる!)、真本優ちゃん、ぽにみゅらちゃん、焼魚あまね/仮名芝りんちゃん、異世界GMすめらぎちゃん、西村西せんせー、オフトゥン教徒さま(オーバーラップ出版:「絶対に働きたくないダンジョンマスターが惰眠をむさぼるまで」からの刺客)、鬼影スパナパイセン(↑の作者様!!!!(´;ω;`)kazuくん、釜井晃尚さん、うまみ棒さま、小鳥遊さん、ATワイトちゃん(ワイトもそう思います)、海鼠腸ちゃん!(このわたって読みます)、棗ちゃん!(プロデビューおめでとうございます!)、東西南《きたなし》アカリちゃん(名前がおしゃれー!)、モロ平野ちゃん(母乳大好き)、あつしちゃん(年賀状ありがとー!)、狼狐ちゃん(かわいい!)、ゴサクちゃん(メイド大好き!いっぱいもらってるーーー!)、朝凪ちゃん(クソリプくれた)、kei-鈴ちゃん(国語辞典もらって国語力アップ!)、Prof.Hellthingちゃん(なんて読むの⁉)、フィーカスちゃん!、赤柄トリイちゃま!(元気と肉をありがとー!)、ばばばばばばば(スポンジ)、裕ちゃん(ラーメンとか!)、森元ちゃん!、まさくん(ちんちん)、akdbLackさま!、MUNYU/じゃん・ふぉれすとさま!(ちゅっちゅ!)、東雲さん、むらさん、ジョセフ武園(クソリプ!　※↑くれる人多数)、ひよこねこちゃん(金……!)、こばみそ先生（上前はねての漫画家様！　水着イラストくれた！）、家々田不二春さま、馬んじ（われの偽物。金と黒毛和牛くれた、本買いまくって定期的に金くれる偽物）、夕焼けちゃん、ングちゃん、黒あんコロコロモッチちゃん（かわいい）、RAIN、月見、akdblackちゃんさま！、TOMrion、星ふくろうしゃま、紬、ウサクマちゃん、遠野九重さま（独立しますの!!!!!!）、魔王なおチュウさま（スパッツ破るやベーやつ）、結石さま（プロデビューおめでとうございます!!!!）、シクラメン様（ライバル!!!!）、くまだかわいさま（ドットマスター！）月ノみんと様（結婚しよ！）、

本当にありがとうございましたー！（名前記載漏れしてんぞカスまんじって人は言ってくださ
い！（´;ω;｀））

ほかにもいつも更新するとすぐに読んで拡散してくれる方々などがいっぱいいるけど、もう紹介しきれません！　ごめんねえ！

最後にステキイラストレーターのかぼちゃさまと編集様方に、めちゃくちゃ感謝をー！
しゅきー！（´;ω;｀）

馬路まんじ

やめてくれ、強いのは俺じゃなくて剣なんだ……！

DRE NOVELS

やめてくれ、強いのは俺じゃなくて剣なんだ……！

2023年1月10日　初版第一刷発行

著者　馬路まんじ
発行者　宮崎誠司
発行所　株式会社ドリコム
〒141-6019　東京都品川区大崎2-1-1
TEL　050-3101-9968
発売元　株式会社星雲社（共同出版社・流通責任出版社）
〒112-0005　東京都文京区水道1-3-30
TEL　03-3868-3275
担当編集　白井伸幸・小原豪
装丁　AFTERGLOW
印刷所　図書印刷株式会社

Printed in Japan
ISBN978-4-434-31418-6

ファンレター、作品のご感想をお待ちしております。

右のQRコードから専用フォームにアクセスし、作品と宛先を入力の上、コメントをお寄せ下さい。
※アクセスの際に発生する通信費等はご負担ください。